このごろのこと

駒村吉重

Live Publishing

このごろのこと

目次

装画　駒村吉重
装丁　城井文平

このごろのこと

二〇一八年

二〇一八年二月六日（火）　このごろのこと

わけあって早朝の五時起きが一週間続き、ようやく落ちつきました。で、こんどは引っ越しの準備が佳境です。あと四日しかないのに、峠ののぼりはまだまだ続きそう。もとより、あなどってはいませんでしたが、やっぱり手強い。

ことに、昔つかった書籍とコピー資料を思いきって整理したいと思っていましたが、手放すべきかどうか、ふんぎりがつきません。希少な資料だけを残し、いつでも手にはいる書籍は古書店にだそうと決めたはいいのですが、そんなにきれいに線を引けない。

古いコピー資料をめくっていたら、かつて頻繁に仕事をしていた月刊誌の編集者からのメモが出てきました。進行中の仕事が終わったら、すぐに次の企画にかかりましょう。関心あるテーマがあれば教えてほしいといった内容でした。

懐かしいというよりも、他人を観ているような気分になりました。締め切りに追われていたころの自分の姿が、ぼんやりとしているのです。

おなじように、あのころの自分も、きっといまの自分を想像できなかったでしょう。

思えば、当時のわたしは「成長至上主義者」でした。大手版元の出版物で名前を売ってなんぼ、担当編集者の評価がすべてでした。表現と思想について深く省みることもない。おのれの非力もわかっていない。

この五年ほど、どっぷりつかってきた商業出版と距離をとってみて、はじめて自分が砂粒以下の者で、無辺を疑わなかった沃野《よくや》が、小さな痩せた村でしかなかったことに気がつきました。

生命にも、ひとつの産業にも企業にも社会構造にも必ずや寿命があると知ったのも、きっとごく最近です。急激に成長を遂げたものは、また衰亡の速度もはやい。

さて、あとしばらくひたすら物の選別と荷造りです。

二〇一八年三月一三日（火）　職業

どんな仕事につきたいの。

大人は、無造作に子どもに尋ねます。この質問、子ども時代のわたしは苦手でした。職業以前に、なぜ、働かないといけないのかが、わからなかったから（ご飯を食べるため、というぐらいはわかったが）。「おれもいずれ、働くのか。この大人とおんなじ大人になるのか」と、憂鬱にならざるをえなかったのです。

もうこの世にいないタカハシさんは、「職業」ということについて、こんなことを言っておりました。

「フリだと思うよ、そんなものはさ。自分ならば、プランナーのフリで、こまやんならば、もの書きのフリをして生きてるわけ。じつはその人間の本質と職業は、ぼくらが思うほど深く関係があるわけじゃない。もっといえば、職業なんか生きてくための方便さ」

もの書きへの過剰な自負があった、そのころのわたしは、これに納得しかねた。

「仕事は、その人間そのものじゃないだろうか」というような反論をした覚えがあります。

彼は、おだやかにかえしました。

「つかい古された例だけど、ホワイトカラー組にはいれた人間は、ブルーカラー組の人々より優れているんだろうか。人気の業界にいる人のほうが、地味な産業、斜陽産業にいる人よりも、人間の価値があるんだろうか。激しい競争に勝ててこそ、優位な職業につけることはまちがいない。だからその人に、他者よりも優れている部分があるのは否定しないけども、そんなのは人間の能力のごく一部分。どこまでいったって、職業に貴賤はないいんだよ。いまの産業構造に合った職場に身をおけば、高給にありつける。社会的にも評価される、だけのことだろう。そんなのはたまたまで、人を選別するほどの材料じゃありえない。仕事はなんだっていいんだよ。まず喰っていく。問題はその先で、働いて最低限の糧を確保できたその人が、どんなふうに人生を過ごすかじゃないか」

それでも、腑に落ちなかったことは、よく覚えています。

が、ちかごろ彼が言いたかったことが、なんとなくわかるようになってきました。理解できたのでなく、感覚的に、なじむようになったといったほうがいい。なぜだかそのシャツに、袖がすっと通るようになったのです。

いまならば、「そうだね」とすなおにうなずけるはずです。

現実がままならないのは、いつだって、だれにとってもおなじこと。希望の仕事に就けるひとは、そう多くない。昨今は、働けどはたらけど、暮らしぶりもそんなによくはならない。一日生きれば一日分の、わずらいごとを背負う。

それでも生きなければいけないのならば、「職業」という荷を抱えながら、自分の大切にする価値をどこにおき、いかに機嫌よく暮らすことができるか。つまるところ、人生のもっとも大切なテーマは、それしかないのでしょう。

されば、職業などは、いわば風をしのぐ外套ていどだといっていい。

大人は、職業と働くことについて、そのようには子どもに伝えてはきませんでした。競争に勝つ技術と、社会的評価の高い仕事への信奉を、型どおりに教えただけです。言葉で教えずとも、態度やそぶりでそう伝えたことでしょう。もっとも、わたしも大人たちから、そんなことを教わってもこなかったけど。

「どうして、働かなければいけないの」

「働くって、どういうこと」

この問いかけは、いまだ続いています。

そうそう、タカハシさんは一生懸命に働くこと、仕事に習熟することは無意味だとは申しませんでした。

「ただね、どうせフリをして生きるならば、格好よくいきたいよね。だから、技術はあったほうがいい、いい仕事ができたほうがいい。こだわっても愉《たの》しいじゃない。たまにはムキにもなっちゃう。でも、ほどほどのところもないと。しょせん仕事、っていう力のぬき具合ね」

二〇一八年三月二一日（水）　働くことと「労役」の境界

働くってなんだろう。

多くの人は、こんなつまらない問いにつまづくなんて、まるで不毛だと思うでしょう。同感です。

だって、そんなことを考えようが考えまいが、働かなくてはいけない現実は変わらないのだもの。

でも、「働く」意味を考えずに人生をやり過ごすには、あまりに働く時間は長いでしょ。

近代以前の日本人の労働の姿に、わたしはひとつのこたえを見いださずにおけない。渡辺京二氏の『逝《ゆ》きし世の面影』（平凡社ライブラリー）には、わたしたちの曾祖父ぐらいまでの人々が、日常、よく笑った記録が詰まっています。よく笑う民を支えた労働のようすを子細に書き留めたのは、江戸末期から明治なかごろにかけて来日した外国の商人、技師や研究者たちでした。近代の先頭を切った彼らの社会では見られない、きわめて不思議な風景であったからです。

東京大学の教授として招かれたエドワード・モースが横浜に上陸した翌日に見た海堤工事の「杙《くい》打ち機械」は、滑車にくくりつけた重い錘を人力で引きあげて高所から落とすという素朴な仕掛けでした。

「この縄を引く人は八人で円陣をなしていた。変な単調な歌が唄われ、一節の終りに揃って縄を引き、そこで突然縄をゆるめるので、錘はドサンと音をさせて墜ちる。すこしも錘をあげる努力をしないで歌を唄うのは、まことにばからしい時間の浪費であるようにに思われた。時間の十分の九は歌を唄うのに費されるのであった」

日光への旅の途中で見た、べつの労働現場もやはり、首をかしげたくなるようなものでした。

「裸体の皮膚の赤黒い大工が多数人集まって、いささかなりとも曳くことに努力するまでのかなりの時間を、いたずらに合歌を怒鳴るばかりである有様は、まことに不思議だった」

渡辺氏はこうした記述を多数、引用したあとで、明治のなかごろまで残存していた「徳川期日本人の労働の特質」についてこのように述べるのです。長いけれども、そっくり引用します。

「むろん、何もせずに歌っている時間を省いて、体力の許すかぎり連続的に労働すれば、仕事の効率は計算上では数倍向上するに違いない。しかしそれはたんなる労役である。ここで例にあげられている地搗きや材木の巻き揚げや重量物の運搬といった集団労働において、動作の長い合間に唄がうたわれるのは、むろん作業のリズムをつくり出す意味もあろうが、より本質的には、何のよろこびもない労役に転化しかねないものを、集団的な嬉戯を含みうる労働として労働する者の側に確保するためであった。つまり、唄とともに在る、近代的観念からすれば非能率極まりないこの労働の形態は、労働を賃金とひきかえに計量化された時間単位の労役たらしめることを拒み、それを精神的肉体的な生命の自己活動たらしめるために習慣化されたのだった」（二四〇〜二四一ページ）

つらい「労役」で稼ぐ庶民たちは、「服従」との境界線に結界をはりました。だれもが持てる手段で。それが、うたうことだったと、いうのです。

うたうことで、彼らは労働という行為を、「労働する側に確保」しました。どんなに単純な労働にも、主体性を生かす余地がそこかしこに残されていました。おそらくその主体性は、遊びと表裏であったでしょう。現場には必ずうたがあり、笑いがあった。土木や建築従事者の腕の冴え、芸術の域に達した日用品の質の高さなどは、名もなき長屋住まいの作り手たちが、仕事と遊びの領域を自在に行き来した証拠といっていい。

渡辺氏の視点が一層明らかになる一節を、もう一カ所から引いておきましょう。

「彼らはむろん日当を支払われていた。だがそれが近代的な意味での賃金でないのは、労働が彼らの主体的な生命活動という側面をまだ保ち続けており、全面的に貨幣化され商品化された苦役にはなっていなかったからである。苦役というのは過重な労働という意味ではない。計器を監視すればいいだけの、安楽かつ高賃金の現代的労働であっても、それが自己目的としての生命活動ではなく、貨幣を稼ぐためのコストとしての活動であるかぎり、労役であり苦役なのである」（二四一ページ）

で、ひとつの問いが投げかけられます。

「徳川期において普遍的であったこのような非能率的な集団労働を、使用する側の商人なり領主なりは、もっと効率的な形態に「改善」したいとは思わなかったのだろうか」と。もっともな疑問です。だれしも当然、そう問いたくなるでしょう。

が、問うた渡辺氏自身がすぐに「仮にそう思ったとしてもそれは不可能だった」と、きっぱりと打ち消してしまうのです。

なぜか。こたえはあまりにかんたんです。

「それはひとつの文明が打ちたてた慣行であって、彼らとてそれを無視したり侵犯したりすることは許されなかったからである」

ここに、「富国強兵」「立身出世」の明治の世がもたらした働きかたと、江戸期の働きかたの決定的なちがいがあります。近代資本主義において、社会のルールをつくる「杖」をにぎったのは、資産家の領主や成功した資本家たち、あるいはその代弁者たる政治家でした。生産の効率化は、低賃金で酷使できる労働力をシステマチックにつくりだしていきました。こうもいえます。それは、産業が成長するための重要な原資でした。

ひるがえって、江戸の社会はどうだったでしょうか。時間をかけて形成した社会的合意でもって、経済成長が適度に抑制され、富に手がとどかない圧倒的多数の庶民が得られる安心やよろこびが尊重されました。効率よりも、労働のなかにある遊びが大切にされたといえます。「労役」をつくりださないというバランス感覚が、どんな仕事場にも効いていました。

『逝きし世の面影』を久しぶりに手にとったのは、政府が主導する「働き方改革」という言葉に、どうにもなじめなかったからです。働きかたを改革することで、いったいどんな社会をつくりたいのだろうか。

そもそも、働くとはどんなことか。その問いにこたえてくれる一冊が、わたしにとってはこれなのでした。

さすれば知りたいことは、ひとつしかありません。はたしてその「改革」とやらは、うたをとりもどすためのものであろうか。

二〇一八年四月八日（日）「忘れられた町」あるいは「どん底」

引っ越して、まる二カ月になろうとしています。

こんどの家から、一キロさきの駅に出るには、長い急坂をのぼらなければなりません。あたりまえだけども、駅から家にもどるには、急坂をくだることになるわけです。わたしの足で、ほぼ一〇分強の道のりです。

台地にのっかった駅から、線路に沿って西へ向かうこと七分、いきなりその坂はあらわれます。急坂の真正面には、老夫婦がいとなむ小さな中華料理屋のガラス玄関。ちょっとこれは奇妙な風景です。坂は中華料理屋に突きあたって右に折れ曲がり、すぐ左に折れる。勾配が急なうえ、クランクがまたきつい。「自転車　スピード注意」の立て看板が立つわけです。のぼる人たちはといえば、そう、たいてい自転車を押すことになる（わたしは、意地でも乗ったままいくが）。

見通しがきかない坂は、坂の上と坂の下を、いやがおうにも分断します。つまり「町」は、そこでとだえる。坂上の三丁目と坂下の一丁目は、道こそあれど、町としてつながってはいません。

三丁目は整然と区画されています。駅北口の商業地を囲み、隙間なく落ちついた住宅がならぶ。対する一丁目には、まず直線の道がありません。舗装道路はつぎはぎだらけ。行き止まりが多く、ところによって突きあたっては曲がりながら進まないといけない。わたしの家周辺は迷路のよう。さらに道は、もとの地形そのままに緩く波打っている。でもって、じゃりっぱげのように大きな畑地が転々と残る。

想像するに、地主が農地を少しずつ宅地転用しては切り売りしたため、不規則なサイズの布をはりあわせたパッチワークのような町になってしまったらしい。区画は、どこも不格好です。

駅からそう遠くなく、もっと気が利いた町ができていいはずだけど、なぜかいまにいたるまで行政による計画的な開発の手が、はいりませんでした。町づくりの地図から、みごとにこぼれ落ちてしまったのです。

ひとつとなりの駅とのちょうど中間点にありながら、車両も人もめったにここを通りません。人相でいえば、ぽかんと口をあけたような間ぬけた感じです。坂をくだりきってしまえば、飲食店はおろか、スーパーもコンビニも、そして自販機すらないのも当然といえば当然でしょう。

代わりに、というわけでもないんでしょうが、家のすぐ裏手に、「うまいで」の幟を立てた無人野菜売り場があり、のぞくとなにかしら旬の野菜が平台にのっています。ホウレンソウやラディッシュ、カブ、菜の花、ニンジンなどなど。

坂を隔てたこの落差に、正直、わたしはいまだ戸惑いを覚えています。毎日、おなじ道を歩くのに、毎日、おなじように戸惑う。

なんだか調子が狂うのです。

去年の夏だったか、道に迷いながら物件の案内をしてくれた不動産屋さんは、なぜだか、こののどかな環境をわたしが高く評価していると勘ちがいしたらしい。こう言っていましたっけ。

「住民以外の車はまずはいってきませんし、夜なんかもの音もしません。そりゃこの立地ですからね、前から道路計画はあるんですよ。でも一向に動く気配はないですね。少なくともあと一〇年は絶対に着工しませんね。いや、ずっとダメかも。安心してくださいよ」

店ひとつない環境が、ありがたいわけがない。生活の利便は、最重要条件です。

もっとも、家族の頭数とぶちというやっかいを抱え、予算と立地（都心のターミナル駅から最寄り駅までの距離と、駅から家までの距離）、引っ越し可能なタイミングをすりあわせると、わたしの選択肢もかなり限られていました……

坂をくだりきったところに、線路とクロスして小さな川がはしっています。橋のたもとにポストが立っています。わたしはこれを、「あちら」と、まだ妖怪がいるかもしれない「こちら」の世界をつなぐ窓口「妖怪ポスト」と名づけました（ポストまでは家から二分ほど）。

で、それとなく自分の住む一帯を「忘れられた町」と呼ぶようになりました。

ただ、冷たい風がつよく吹く夜などは、「忘れられた町」にもどるのは妙にさみしい気がして、ひらきなおってそこを「どん底」と、自虐的に呼ばわります。

さって、どん底に帰るか——といった調子。

二〇一八年四月一三日（金）　かつてあった鳥の楽園

台地にある駅から線路に沿って西へ。クランク上の急坂をくだったところにあらわれる「忘れられた町」は、川の町です。

坂をくだりきったところから、西方向のとなり駅のすぐ先一・五キロほどの間に三本の川が線路と十字にクロスする格好で流れています。わたしの家があるのは、一本目と二本目の川の間。

川幅は西へゆくほどひろくなります。三本は下流で合流しています。

引っ越してきて驚いたのは、のんびりとした水鳥の姿です（こんなのは、見たことがなかった）。

ことに川岸がコンクリートで固められていない二本目の川は、江戸のころとそうたたずまいが変わらないのではないかと思えるのどかさ。

草や木が萌える岸と歩道は近く、しかも数カ所は親水《しんすい》エリアとしてつながっています。だからすぐ目の前で、カモが水面をすべり、サギが餌を漁り、鵜《う》が勢いよく水に潜り込むさまを見学することができます。鳥たちがねらう魚のなかには、ホトケドジョウ、ジュズカケハゼといったレッドデータブックに名を連ねるものもいます。

これほど澄んだ豊富な流れがあるのは、あたりが湧水《ゆうすい》地帯だからなのです。家からほど近い遊水池のひとつは、大きな竹林ごと保存されています。その上流にあるもっとも水量の多い場所は雑木林がそっくり残され、東京都の水道局が取水のために管理しています。川のまわり、なかからも水はわきだしている。

もう何度も紹介した『逝きし世の面影』（渡辺京二著）に「風景とコスモス」という一章があります。来日した外国人を魅了した江戸は、彼らが欧州では見たこともない「庭園都市」でした。

「江戸には、大名屋敷に付随する庭園だけでも千を数え、そのうち後楽園、六義園クラスのものが三百あったという。それに旗本屋敷や寺社のそれを加えれば、江戸の庭園の数は数千にのぼったろう」（四六二ページ）

ことにおもしろいのは、その江戸中心部と、郊外の山野との違和感ない連続性を、外国人たちが奇跡を見るかのようにしきりに記録していることです。つまり、農村部の緑もまた、野生そのものではない人の手がはいった端正な美しさであったわけです。水と緑で潤う都市とその近郊が鳥の楽園であったといわれても、いまや想像するのもむずかしい。

江戸一四里四方では狩猟が禁じられていたため、鳥は人が近寄っても慌てることがなかったようです。

リュードルフには「鳥という鳥がみなよく人になれている」かのように見えました。ツュンペリは、乱獲がないため「しばしば信じ難いほどの大群がいる」と語っています。

江戸近郊ではありませんが、一八六三（文久三）年に平戸から瀬戸内にはいったアンベールの記述はこうです。

「日本群島のもっとも特色ある風景の一つは、莫大な数の鳥類で、鳴声や羽搏《はばた》きで騒ぎ立てている」

日本全土の城下と郊外が、やはり江戸のそれと似た色調であったのでしょう。

わたしは毎朝ぶちと川辺を歩きます。

都心のターミナル駅から二〇キロ弱、五里の距離ですから、この水辺もかつては鳥の楽園だったはずです。

江戸城のお堀はじめ町々の堀など、江戸の町をつくっていた水辺は次々に埋め立てられました。水路と自然は都市から放逐され、「信じがたいほどの大群」の鳥も去っていきました。Nipponia

Nipponの学名がついたトキなどは、あっという間に激減し、ついには滅んでしまいました。ついでにいえばオオカミもカワウソも、おなじ時期に追いつめられた。トキもオオカミもカワウソも、滅んだひとつの文明の象徴なのかもしれません。

明治維新とはなんだったのか。

維新を彩る志士の英雄譚はあくまでも政治闘争であり、その窓をどんなにのぞけど、失われた水辺と庭園都市にあった豊かな文明の風景は一向に見えてきません。近代の背を猛烈に追いかけた明治は、「成長」と「消費」のスイッチを押しました。暮らしの価値は、またたくまに一変しました。水音も鳥の鳴き声も、無駄なものになっていきました。

ちかごろ、あんなにわからなかった辻潤《つじじゅん》が近くに感じられることがあります。江戸の大店《おおだな》・札差《ふださし》の風雅を吸って育った彼の奇矯は、語られるような滑稽でなく、もっと本質的な反逆ではなかったか。それは、切ないほど絶望的で優雅なものではなかったか。

ちなみに、辻潤の肩には小鳥がとまったといわれます。彼はときどき鳥と話したらしい。わたしはきっと、本当であろうなと思うのです。

二〇一八年六月二一日（木）　ヘビ

川沿いの歩道をいつものようにぶちと歩いているとき、ヘビに会いました。野生のヘビを眼にしたのは、ざっと二十年ぶりぐらいのこと。

相手は、狭い道にゆうゆうと体を投げています。

かつては、玄関や縁側を開けっ放しにした家はめずらしくもなかった。子どものときですが、引き出しを開けたらヘビがいたということがありました。

祖母はそれを、平然と外につかみだしました。

明治四〇年生まれの祖母は、家屋敷のどこかには必ず白いヘビが住んいるのだと教えてくれました。白いヘビは、家の守り神の化身だとも。ともあれ、敷地まわりでヘビを見かけたら、白かろうが赤かろうが、絶対に殺しても、かまってもいけないと戒められました。

古い箪笥の上に、マムシ酒の一升瓶があり、わたしはよく「標本」となったマムシの姿をまじまじと見つめました。

あるとき、ずっと気になっていたことを祖母に尋ねました。守り神をアルコール漬けにしてもいいのかと。祖母は、これは山のヘビだからかまわないのだと、おこたえになった。

ミヒャエル・エンデの『はてしない物語』（岩波書店）では、アウリンという重要なアイテム・首飾りが登場します。二匹のヘビが尾をかみあって楕円をつくっている、というのがそのデザイン（表紙まわりにも、これが箔押しされていますね）。

アウリンは、本のなかに存在する異世界と、少年バスチアンが住んでいた現実世界をつなぐキーです。

ヘビの後ろをついていったら、見も知らぬ世界に立っていた――

太陽がぎらつく夏の日、少年だったわたしはヘビを見かけるたびに、そんなことを漠然と考えておりました。

ヘビは、どこかちがう世界からするりとこちらにはいり込み、またあちらへもどってゆくことができる。いまだにそう思えてしかたない。

二〇一八年七月八日（日）　このごろのこと

とうに忘れていた知人が電話をかけてきました。携帯番号の登録も削除していたので、声の主がだれかしばらくはわからない。

相手は、そんなことにかまわず、勝手にしゃべっている。まるでいつも、わたしたちがそうしているかのような、親しさで。

「すみませんが、いまから出かけないといけないんです」

「では、五分だけぼくに時間をください」

そうだった、彼が精神の奥深い森に迷い込んでもうだいぶたつはずでした。

相手は、藪から棒に問いました。

「人間と動物のちがいについて、いますぐに思いつくことをすべて挙げてください」

言語を持つこと、着衣、火をつかうことなど五つほど挙げてみましたが、あとが続かない。

二足歩行と社会の形成、道具をつかうことは、「人間だけじゃありませんね」と、あえなく却下されました。貨幣をつかうこと（交換の概念）は、なるほどね、と相手に感心されました。

「まだ重要なことが、ぬけていますね」

「教えてくれませんか——」

「これは、コマムラさんが自分で考えないと意味がないんです。明日また電話しますので、考えておいてください」

「………」

夜、ふいに浮かびました。

絵を描くなどの造形表現も人間固有のものだろうなぁ。彼が「ちょっとちがいますね」というか、「それを待ってましたよ」と言うかは、さっぱりわかりません。

とはいえ、それっきり電話は鳴っておりません。

二〇一八年七月二七日（金）　ものの怪の森——言葉

ぼっとしてしまうほどの暑さです。

で、むせるような炎天下を朦朧と歩いているとき、この「暑さ」をなんと表現したらいいのだろうか、といったことを考えてしまうのです。

猛暑、酷暑、炎暑といった言葉が浮かぶのだけど、どれもしっくりとはこない。強烈な陽射しに加え、せり上がるアスファルトの照り返し、湿気、そしてエアコンの排熱がまじる異常な熱気。いずれだれかが、「うまいことを言うなぁ」とうなづきたくなる表現を、つかいだすことでしょう。

新しい言葉は、気候や社会環境の要請があれば、いさんでこちらにやってきます。おなじように、人のもとを去ってゆく言葉もあることでしょう。

明治のはじめごろに日本国内を旅したイザベラバードは、よく世話をしてくれた茶屋の老女が、その山にはかつて天狗がいたと真顔で教えてくれたことを記しています（ただし、天狗は最近去ってしまった。老婆が見かけなくなったのだという）。

粘菌学者の南方熊楠《みなかたくまぐす》は、柳田国男《やなぎたくにお》への書簡で、紀州の山中で経験した不思議なできごとについて切々と述べています。

国学者の平田篤胤《ひらたあつたね》が『仙境異聞《せんきょういぶん》』に克明に記録したのは、七歳から八年にわたり「天狗界」に出入りしたという寅吉がそなえていた驚異的な能力についてです。寅吉に彼が会った翌年文政四年には、『古今妖魅考《ここんようみこう》』を上梓して、天狗や妖怪、狐狸《こり》などの怪現象を記した古今の記録を集めています。

西洋科学を知らなかった昔の人々は、無知なゆえに怪奇現象を妄信的に信じたのでしょうか。そうではないと、わたしは思うのです。彼らは、神や妖怪、霊魂を、森羅万象のひとつとしてとらえていました。目に見えずとも、知覚していたのです。

人智を超えたことは、日常にいくらでもありました。

わたしの祖母は、医者にも見放された男の難病が、家相を直しただけで快癒した話をしてくれました。問題を指摘したのは、村の祈禱師だったといいます。聖域の木を切り倒した男が、なぞの死をとげたという話もありました。または、生まれつき不自由な目に光を入れたのは、村を徘徊する知的障がい者とおぼしき者だったというのもありました。死の直前に、目の前にあらわれた人の半身がなかったというのも聞いたことがありました。すべて彼女が見知ったことのようです。

論理的に説明できないことを、祖母は平然と受けいれていました。呪いや祈禱、霊魂、精霊、神といったものが、彼女のなかでは渾然とひとつになっていました。

おそらくそれら「ものの怪」が近づいてきたとき、昔の人々は五感とはまたべつの神経回路を開いたのでしょう。

近代になり、怪異現象をとらえる回路は退化しました。天狗や霊魂の存在は自然科学によって否定され、信仰の領域に組み込まれました。信じるか、信じないか、です。

科学は生活を変え、社会を変え、教育を変えました。きっと、言葉も大きく変えたはずです。語彙や話す速度、語調にもっとも影響をおよぼしたのは、合理的な思考法だったでしょう。


とうぜん、怪現象にまつわる多くの言葉も失われただろうと思われます（話し方、話の間や、それが話題となる空間もふくめ）。

いや、それら言葉がみずから、人のもとを去っていったのです。彼らが住処とした暮らしの隙間が、人間になくなったのですから。

言葉には、言いあらわすという機能とは別に、それを発した人間の意図をはなれて浮遊する能力があります。「意志」といっていいのかもしれません。だから、完全には制御できない。その意味で、わたしは言葉そのものが、かつては「ものの怪」だったと思うのです。

いま、言葉を、ものの怪にかえすことができる唯一の場所があるとすれば、詩ではないでしょうか。ここでは合理性は求められません。マーケットの支配もおよばない（というか、マーケットのほうがそっぽを向いている）。そこは最後の森です。近代の社会生活にあって、詩がもし完全に不要になってしまったら、言葉はもっと痩せて、最後には機能しか残らないかもしれません。

それは、言霊への畏れをわたしたちが忘却することを意味します。

安倍総理の答弁を聞いていたとき、ふと思ったことがあります。言霊のぬけた言葉とは、こういうものか。彼の森には、ものの怪がいない。とうに去ってしまったのか、それともはじめからいなかったのか。

二〇一八年八月一五日（水）　八月一五日に読む「象を撃つ」

敗戦の日――ポツダム宣言受諾を裕仁天皇がラジオ放送で公表した日――が近づくと、戦争の悲惨を伝える報道が増えます。空爆で犠牲になった市民や召集された若き兵士の死を、メディアは書簡や記録から掘りおこします。記録を記憶にするために。

報道のベクトルは、もう一方にも向かいます。政治決断や戦闘の検証です。積みあがった一つひとつの判断が、いかに場当たり的で無謀で、そして傲慢であったかが、浮き彫りになります。

ジョージ・オーウェルの散文に、「象を撃つ」（『オーウェル評論集』所収　小野寺健編訳　岩波文庫）というのがあります。

原題は「Shooting an Elephant」で、一九三六年の作。

ミャンマーがイギリスの植民地であったとき、オーウェルは、南のモウルメインという地で警官をしていました。支配する側の治安維持要員であった彼は、「大勢の人々に憎まれていた」ことを日々実感していました。

あるとき、現地人に飼われていた象が脱走します。繁殖期で、気が荒くなっていた象は貧民街で暴れて一人の犠牲者を出していたのですが、通報を受けたオーウェルが駆けつけたときは、田んぼにはいっていつもの落ちつきをとりもどしていました。

一応、伝令に持ってこさせたライフルを肩にかけて、象のようすを見にゆこうと歩きだしたとき、オーウェルは人々の異変に気がつきます。

暴れる象にさほど関心を示さなかったはずの「その地区の住民のほとんど全員が家からぞろぞろ現われて、わたしの後からついてきた」のです。

護身のためにライフルを携帯しただけで、そもそも象を撃つ気などなかったオーウェルは、不安になります。帰ろうとして、ふり向くと群衆はさらに増えています。

「結局象を撃たないわけにはいかないなと、そのときわたしはとつぜん悟《さと》った。群衆がそれを期待している以上、撃たないわけにはいかないのだ。二千人の意志によって否応なしに前に押し出されている自分をわたしはひしひしと感じていた」

このときオーウェルの思いは、もっと奥深く、仄暗いものに触れるのです。

「わたしという白人は銃を手に、何の武器も持っていない原住民の群衆の前に立っていた。一見したところはいかにも劇の主役のようである。だが現実には、後についてきた黄色い顔の意のままに動かされている愚かなあやつり人形にすぎないのだった。この瞬間に、わたしは悟ったのだ。暴君と化したとき、白人は自分自身の自由を失うのだということを。（中略）支配するためには一生を「原住民」を感心させることに捧げなくてはならず、したがっていざという時には、つねに「原住民」の期待にこたえなくてはならないのだ。仮面をかぶっているうちに、顔のほうがその仮面に合ってくるのだ」

彼は、支配と被支配の関係に潜む本質的な構造を見ぬいてしまったのです。

「白人」を「為政者」や「軍」に、「原住民」を「市民」に置きかえると、オーウェルの「悟った」ことは、じつに恐ろしい。支配することは、支配されることなのです。政治活動でも、戦争でも、この歯車は人知れず起動している。

「大東亜戦争」を遂行する権力は、総動員する資源（物資、国民）をたしかに支配しました。けれども――大陸での植民地獲得や傀儡国家の建設は、市民を大いに喜ばせもしたはずなのです。期待にこたえていたのです。

オーウェルならば、脳裏に焼きついた象の鮮血と苦しげな断末魔の呼吸を思いおこしながら、こう言うでしょう。

「ライフルを持って歩きだしたとき、為政者や軍は、すでに後もどりする自由を持っていませんでした。ふりかえって、後についてきた群衆の表情をごらんなさい。残された選択肢は、引き金をいつ引くかだけだったのです」

二〇一八年八月二九日（水）　ゲリラ豪雨

途中駅で列車のドアが開いた瞬間、石つぶてのような雨が飛び込んできて、ドア近くの人はたちまちずぶ濡れになりました。異常な降りかただと思ったら、案の定、列車は止まってしまった。昨夜のこと。

風雨をもろにひっかぶっただれひとり、「こいつぁ、弱っちまったなぁ」というあきらめ顔をしない。みごとに無表情です。一瞬、心底不快だという憎しみの色を浮かべるも、わずかにずれた仮面はすぐにもとにもどる。

複数の中央省庁が、障がい者雇用の数を水増しししていたことが明るみになりました。行政府の仕事において公正さが担保されないということは、国家の基本システムが正常でないことを意味します。

でも、この問題にそんなに驚く人を見たことがない。ということは、日ごろから異常な状態をだれもが受けいれていることに、なりますね。ならば、異常なことにことさら反応したり反発を覚えるのは、正常な反応だとはみなされないことになる。

いまや、わたしも、だれもかれもが、「建前」というものを忘却してしまいました。建前に沿って、見つくろうなどという無駄な労力はつかわない。異常なことも力で押し通せば、それがそのときから現実という名の常識になってしまう。

結局、いなおってしまえば、まかりとおる。

ゲリラ豪雨に全身を打たれながら、そう胸のうちでつぶやいたとき、ふと浮かんだのが、終戦直後の小林秀雄《こばやしひでお》のことでした。

二〇一八年九月九日（日）　台風と地震と

猛夏が、過ぎようとしています。相変わらず暑いけれども、七月の凶暴さはもうない。

大阪を破壊した台風二一号と、北海道の大地震とが、日を置かずに申し合わせたようにやってきました。

人の営みがどれほどちっぽけで、なす術がないか。災害を予想する五十年、百年という時間軸がいかに「瞬間的」か。思い知るのみです。

まして、地球環境の破壊は、絶望的に歯止めがかからない。被害の状況を前に、言葉が見つかりません。

そういえば東日本大震災の直後に政権を奪った安倍総理は、ほどなく「国土強靭化」という言葉をつかいだしました。

津波に呑まれた三陸沖の町村でまだ行方不明者の捜索が続き、放射能を放出する福島第一原発の状況すらはっきりと分からぬ濃い霧のなかで「国土強靭化」は、闊歩をはじめる。それを初めて耳にしたとき、体が反射的に硬直しました。

〈正気かな――〉

この言葉のセンスは、尋常な人間のそれではないと思えたのです。

けれども、大の大人が勇敢に連呼するうちに、その言葉はあたかも常識のごとく響きはじめる。まるで、言葉の錬金術です。

驚くべきことに、この言葉はふつうにメディアで流され、社会に受けいれられました。十年でおよそ二〇〇兆円を山野を刻んだり固めたり、堤防を高くするなどの土木事業に投下するという壮大な国土強靭化法案は、すんなり国会を通過しました。

二〇〇兆円で、わたしたちは国土を「強靭化」するサービスを買ったわけです。

人知のおよばぬ領域を、金で塗りつぶすという発想――

言葉を発する側も、受けとる側も、とてもまともとはいえない。「国土強靭化」などというマジックが現実的かどうか、考えずともわかりそうなもんだけど……。

現在、予算のうちの二〇兆円ほどがつかわれたそうです。まだ序の口で、ほんの十分の一ていど。あと一八〇兆円で、国土の強靭化は完了するそうです。

箍《たが》が外れた尊大さを持った「強靭化」という空洞が、こうしている間もむくむくと膨張していく。森を、川を、海を、社会を、人の心を強靭につくり変えるために。

言葉が、見つかりません。

二〇一八年九月一七日（月） 沖縄の「ほんとうの話」

ジョージ・オーウェルは、権力と大衆について、考えずにはおけなかったらしい。両者を、ともに信用していなかったから。

推理・犯罪小説についての書評「ラフルズとミス・ブランディシュ——探偵小説と現代文庫」（『オーウェル評論集』岩波文庫 所収）のなかに、次のような一節があります。

「ふつうの人は政治に直接関心を持ってはいないから、政治のことを読むとすれば、現在の世界の抗争にしても、それを個人をめぐる単純な物語に置き換えたものでないと興味がもてない。G《ゲー》P《ペー》U《ウー》やゲシュタポには興味が湧かなくても、スリムやフェナー（『蘭』のなかのギャングと私立探偵）の話ならおもしろく読めるのだ」

で、こういう。

「庶民は自分に理解できる形の権力を崇拝する」

クリミア併合に歓喜したロシアの庶民とプーチン大統領の関係が好例でしょうか。アメリカの復権を吠えたてて低所得者層の票をかき集めたトランプ大統領、「日本をとりもどす」という意味不明なスローガンをぶち上げた安倍総理もしかり。

いまや世界の政界は「おもしろく読める」ストーリーで、あふれるようになりました。

笑えないのは、これが推理・犯罪小説のようなフィクションではなく、まぎれもない現実だからです。


沖縄県知事選が告示されました。

先日、ある会社経営者が会食の席で、「基地がなかったら、沖縄はやっていけない。経済がまわらないんだから。反対派なんかほんのひと握りで、地元の人は基地の建設が頓挫してじつは困っている。それをマスコミがおもしろく伝えているにすぎないんだ」と、大きな声で解説しておりました。彼は沖縄出身でした。

沖縄県出身者自身が語る「ほんとうの話」とあって、卓を囲んだ人々も「実際はそうだろうなぁ」と深くうなづいておりました。

「基地がなかったら、沖縄はやっていけない」は、いかにも「ほんとうの話」のように聞こえます。

が、そればかりで語りきれるほど、ことは単調でなかろうとも思うのです。そもそも、現状をそのまま肯定するだけだったら、政治など不要なのだから。選挙そのものが、無意味だということになる。つまるところ、民主主義などいらないと言うにひとしい。

オーウェルが言うところの「おもしろく読めるストーリー」とは、「自分に理解できる」範囲で描かれた既成の世界です。

言葉を変えると、それが「ほんとうの話」となるわけです。

例の沖縄県出身者は、こんなことも話しておりました。

「基地問題なんて、どこにもないんだよ。あれは、沖縄を知らない、外の人間が言っているだけ」

わたしは、こういうものいいに、現状にものをいう人間を排除する気配を感じてしまう。


べつのエッセイに出てくるオーウェルの言葉をもうひとつ紹介しておきましょう。

「全体主義の真の恐怖は、「残虐行為」をおこなうからではなく、客観的真実という概念を攻撃することにある。それは未来ばかりか過去までも平然と意のままに動かすのだ」

冷静に考えてみれば、沖縄に米軍基地ができたのは、わずか七十年ほど前のことです。「ほんとうの話」を聞いていると、米軍基地はあたかも琉球王国の時代から、ずっと沖縄にあったかのような錯覚を覚えてしまうのだけれど。

二〇一八年一〇月一日（月）　ある月刊誌とわたしのこと

新潮社の月刊誌『新潮45』が、二〇一八年一〇月号をもって休刊（事実上の廃刊）となりました。自民党の杉田水脈衆議院議員が八月号に寄稿した「『ＬＧＢＴ』支援の度が過ぎる」で、「彼ら彼女らは子供を作らない、つまり『生産性』がないのです」に、批判が高まったため。こうした状況に対し、元編集長が、雑誌を批判するのは間違っている。なぜなら出版物は「議論の場としてあり、問題を提起する」のがその役割だと反論。前ブログ「ある月刊誌の休刊について」で、わたしはこれへの反論や、出版界が「差別や排他性を解き放つことに躊躇しない」現状に異を唱えました。

もう十五年も前のことですが、ある月刊誌を主要な執筆の場としていたことがありました。自分で選んだテーマを書くのでなく、編集部の「依頼」にこたえることがもっぱらでした。わたしに求められたのは、凄惨な事件現場を歩き、三〇〜三五枚の読み切りでドキュメンタリー一編を書くこと。

この仕事が好きかどうかなど、無名のわたしには縁のない悩みでした。やるか、やらないか――。編集部が問うたのは、それだけです。

マスメディアが押しかけてさんざん踏み荒らした事件現場に、一カ月、二カ月、あるいは一年という時間をおいてからはいるのが、この仕事の肝でした。毎度気分が重くなります。取材にうんざりし、敵意すら隠さない地域で、どんな素材をどんなふうにして拾い集めることが可能なのか。やってみないと皆目わからない。

取材はいつも綱渡りで、最後は運にゆだねるよりありませんでした。

一編を入稿すると、心底疲労しました。書くほどに、自分のちっぽけな居場所を、悪魔に切りわたしていいるような気分に苛まれました。

次なる依頼を持ち込む担当編集の声はまるで「悪魔の声」でした。とはいえ、わたしと同年配の彼は取材の下準備に余念なく、修羅場で小さな摩擦が起きれば、「こんなことに力をつかわないで書くことに専念してください」と、平然とそれを引き受けてもくれました。機転がきくし、視界はひろい、そして動じない。わたしたちはいつからか「あ・うん」の呼吸で、現場を歩きまわり、原稿を積み上げるようになりました。

めったにほめない彼から、一度だけほめられたことがありました。

差別や偏見、プライバシーあばきともとられかねない、非常に繊細な事件素材を、わたしたちは拾い、そして事件の重要なキーとして、その風景に埋め込みました。一歩まちがえば、世間の非難や訴訟沙汰を招きかねない。そういう仕事であるはずなのに、いざ手にしてみれば決まって懊悩することになる。

担当編集はこういったものです。

「つかわなければ、深みはでない。けど、安易につかえば、生臭さとえぐみで、とても読めない。読み終えたとき、興味本位や悪意といったものを感じさせないのがあなたの持ち味なんです。ぎりぎりのところに針を通すことができる」

採算割れを覚悟で発刊してしてきたこの月刊誌の名物路線は、コストの負荷も大きく数年で運休を余儀なくされました。

正直、わたしはほっとしました。

月刊誌から離れて三年ほどたったときでしょうか、かつての事件モノとはまるでちがう題材で、短期連載の枠を得たことがありました。意外に思われるでしょうが、拙著『山靴の画文ヤ　辻まことのこと』は、じつはこの連載が祖型となっています。

「依頼」ではなく、初めてわたしは彼に「書きたい」ものを伝えたのでした。雑誌の部数はすでにじり貧で、多くの読者を想定できないこの読みものに、編集部はまったく興味を示しませんでした。アテにできないのは百も承知ですから、ひとりで資料を集めて取材にかかったある日、担当編集が電話をくれました。

「短い連載ですが、枠をもらえましたよ。渡航の取材費も工面しましょう。ボゴタ行きでしたっけ、出発の準備をしてもらっていいですよ」

「よくまあ、このご時世にオーケーがでましたね。びっくりです」

彼は、いつもの落ちついた声で言いました。

「おそらくこの雑誌は、もうそんなに長くは持ちません。ならば、（雑誌が）いまのうちに利用できるのを、利用してください。やりたいテーマで、一本でもいいものを書いてください。時間がないんですよ」

頼もしい編集者でした。

結局、この短期連載は雑誌の版元である新潮社ではなく、他社である山川出版社から書籍化されました。思えば、この一冊をつくることができたのは、まぎれもなく彼の援護があったからです。

月刊誌は、予想に反し直近の休刊をまぬがれ、奇《く》しくも彼が編集長を拝命することになりました。わたしはといえば、以降再びここで筆を持つことはありませんでした。

わたしと『新潮45』と、そして最後の編集長となった彼とのはなしです。

二〇一八年一〇月二七日（土）「わりきれないもの」で世界はできている

またぞろ、「ちよちよ」更新の間があきました。

まったく時間がないわけでもなく、深くなにかを考えすぎているわけでもなく、はたまたPC

のキーが打てないほど、なにかに失望しているわけでもありません。

言葉が浮かびません。というか、声がわきでない。

トランプ大統領の中距離核戦力全廃条約からの離脱表明にも、「あぁ、そうか」といったつぶやきしか出てこない。パリ協定（国連気候変動枠組条約締約国会議）からの離脱という前例があるもの。安倍総理の勇ましい憲法改正のかけごえにも、「あぁ、そうか」。世界を睥睨するかのような「皇帝」プーチン大統領の言動もしかりで、「やってますなぁ」と思うのみ。

なにごとも、単調な二極からしかものが言えなくなりました。そうでないと、話題にならず、共感が得らえず、つまるところ伝わりませんもの。

シロかクロか――

世界はいつからこんなに極端で先鋭的なものに支配されてしまったのだろう。

淡い中間色を、言葉であらわすのは難しい。その言葉を整頓し、理論化するには相当な体力がいる。

理論化することのひとつの意味は、その過程でさまざまな齟齬や矛盾に突きあたること。胸中にあった「わりきれないもの」の輪郭が、明らかになってくること。

大切なことです。

じつは、ひとはこの「わりきれないもの」によって、暮らしを円滑にし、人間関係の深みを識るのです。わりきれないものは、自分とちがう他者を認め、合意点をさぐり、葛藤する自己のなかで折り合いをつける手がかりでもあります。「わりきれないもの」こそが、ひとに考えることを求め、議論を喚起するのです。

「わりきれないもの」などないかのように振る舞う、昨今のメディアや表現空間に、わたしはただ息ぐるしさを感じ、おろおろするばかりです。消化しきれずに胃のなかに残るのはいつも、無力感ばかり。

社会はどんどん稚拙になって、そこでうまくふるまうために、まさに人々に稚拙になることを強要しだしました。発信者になっただれもが、乱暴・単調にものを言い、大股で道のまんなかを歩き、「なかま」でないものを無遠慮に恫喝する。正論の姿をした「正論」に大挙して人が寄り集まり、世界（思考の領域）はますます狭くなってゆきます。

かつてないほど、いまのわたしは「おおごえ」が苦手です。小さな声や、声にならない声をたちどころに吹き飛ばしてしまうから。

そういえば、もういない友は「あまり」という言葉が好きでした。あまってしまうものをどうすくい上げるか。思想や表現の真価はそこにある、と。

二〇一八年一二月二四日（月）　つるべ落としのごとく

ことしが、もうどれほども残っていないことを知り愕然とする。陽がのぼるとともにぶちと散歩に出て、仕事場と階段を掃除し、急ぎの原稿を書き、ちょっとコーヒーをいれて、またぶちと川辺を歩く。と、もう陽が傾ぎだしています。暗くなるのは、あっという間。まさに、つるべ落としのごとく、です。

おなじ沿線の古書店に出かけようと思っていたけれども、陽が落ちるころに家を出るのは、気分がすすみません。予定を変更して、しばらくぶりで近所の銭湯に行きました。

小さな男の子を連れた若い父親がおりました。彼が息子の着替えやトイレの世話をするのを見ていたら、十数年まえの自分を思いだしました。

あのころは、銭湯と言えば、ふたりの息子は大喜びでついてきました。いまや「ちょっとふろ屋に――」と言っても、反応すらしません。

ときがたつのもまた、つるべ落としのごとく、です。

そういえば、クリスマスが近づくと、彼らになにをプレゼントしようか毎度思案しましたっけ。

そういう悩みは、いま思えばなんと愉しかったことか。それから解放されるころには、ちがう人格を持つ彼らとどうつきあうか、彼らの学費をどう工面するかという悩みを、授かりました。

おそくとも、（希望的観測ですが）あと五年のうちにはこの悩みからも解放されるでしょう。が、次は、残った親の看取りと、自分の後始末が待っていることは明らかです。

生まれ落ちてから、かたときもやまなかった細胞の分裂がとまるのも、つるべ落としのごとく、です。

銭湯の帰り道、ビールをひと缶買いました。聖夜の肴は、豆菓子でいいかぁ。

二〇一九年

二〇一九年一月四日（金）　冬の陽射し

真冬に、生家で寝たのはいったいなん年ぶりのことでしょうか。

その家は、山の北斜面に張りついて、たいへん無理なことに、南を向いています。つまり、眼前が山肌。とうぜん日当たりは悪い。真冬だと、日が差すのが正午過ぎです――

それだって、いつのことだったかと今回の帰省で気づいたのでした。

記憶のなかではまだか細かったはずの山の杉がすっかり成長しており、正午を過ぎても陽が届かなくなっていました。低い軌道で通る太陽は、ついに山の上にでられず、そのまま西の山に落ちてしまう。陽射しを感じたければ、眼下の集落の屋根を温める日だまりを、首をちぢめて眺めるよりありません。

わたしがうっかりと生きている間に、時間はとうとうと流れていたのです。小さな家は、もう冬に飲み込まれんばかりになっていました。

一帯に点在する集落はどこも、南を峠にふさがれて東西に山が迫っている。場所によって一長一短ありますが、朝早くとどいた陽が正午にとだえるか、正午過ぎにやってきた陽が数時間とどまるのかの差しかありません。そのなかでも、生家の条件はもっとも悪い部類でしょう。

室内は、まったく冷蔵庫です。

眺望は一方向のみ。善光寺方面の北西に向かって、谷すじに沿って這う頼りない道の尾を、生まれてから一八歳になるまで、毎日眺めていたことを思いだしました。

進学でこの家を去るとき、わたしは二度とここにもどらないと決めていました（それは、父との関係によるのですが）。

大晦日の午後にバス停に迎えに出てきた母が、あまりに小さくなっていたことに、正直うろたえました。

時間はかたときも、止まっていなかったのです。そのことを、痛いばかりに感じたのは、ひょっとして初めてかも知れません。

二〇一九年一月二〇日（日）「現人神」の霊験

年があけてから、ひたすら古事記の翻訳をやっていました。

一月の七日から、のっぴきならない行事のために一週間だけは古事記をはなれたものの、あとは片時も関連の資料をめくらない日はありませんでした。まさに突貫工事です。

本日ようやく、約束のところまで訳し終えました。

依頼主から頼まれたのは、のちに天皇家の始祖・神武天皇になるカムヤマトイワレビコが、高千穂の地をはなれ、東に向かう（「神武東征」）ところまで。いわゆる「神話」の部分のみです。じゃ、以降はなにかと問われると、いまに続く「天皇家の歴史」です。

言葉を替えると、ここからが「人」の物語となります。

それ以前は、「神」の物語なのです。

しかしながら、神と人とをきっぱりと区切ることは、じつはできません。ただしくいえば、神武天皇だってれっきとした「神」です。

人と神を地続きにしたはいいが、現実世界に生きる人々にどれほどの説得力を持ちえたかは疑問です。なんせ、生身の天皇がそこに存在するのですから。想像するに、編纂にあたった太安万《おおのやすま》侶《ろ》の時代でさえも、そうだったでしょう。

「現人神《あらひとがみ》」という矛盾した表現が、そのあいまいさをよく語っています。

古事記は、純然たる神話でもなく、庶民が語り継いだ物語でもなく、天皇家が保持するかぎりにおいて近親の公家に対して意味をなす、三種の神器と同様の政治的な「道具」のひとつだったと思えます。

この「現人神」は、わずか七十四年前まで、近代社会で通用しました。ひょっとしたらその言葉は、古事記の作者の認識をはるかに超えた力を持ったかもしれません。複製と伝播《でんぱ》にすぐれたメディアの力が国家と強力に結びつかなければ、これはできなかったでしょう。

明治国家は、近代化をしゃにむにおし進め、一方で古典に眠る「現人神」を再生して、かつての「現人神」以上の霊験《れいげん》をもたらすことに成功しました。その根拠を引っ張りだしたところは、ほかならぬ古事記です。

それを念頭にテクストを読み通してみると、正直ひょうしぬけします。

この社会がなぜこの「神話」に呪縛され、いまもすすんで呪縛を受けているのか……とまどいを覚えずにおけないのです。

明日から、これまた突貫工事で、解釈や読みかたに疑問を残した箇所の検証にはいります。拠りどころにすると決めたのは、西郷信綱《さいごうのぶつな》の『古事記注釈』(平凡社　全四巻)。

その綿密な仕事ぶりには、驚かされます。

二〇一九年一月二八日（月）　このごろのこと

この歳まで、ひとさまの世話になって生きてきました。ありがたいことに、無償で。けれども、「世話代」を返済せよとは、これまでだれにも言われたことがありません。義理を欠かないかぎり、「世話をされること」は、負債とはならないはず。いうなれば「財産」です。じゃ、義理とはなんだろうか。

思うに、「世話になった」自覚じゃなかろうか。

自覚は、ときにかたちになります。あるときは「あいさつ」だったり、あるときは「お歳暮」だったり、あるときは「ありがたい」としみじみ思うことだったり。

どんなかたちでもかまわない。

ひとは、世話をしたことはいつまでも鮮明に覚えているけれども、世話になったことは、一定期間を過ぎたら自然と忘れてしまうようです。風化がはやい。忘却は、前向きに生きるための防衛本能だとも、いえなくはないけど。

ところが、世話をしてもらったという「財産」は、それを忘却したしたとたん、たちまち「負債」にひっくりかえるのです。

負債は、かたちを変えて、いつか目の前にあらわれます。

例年のことですが、一月から二月の上旬にかけて、のっぴきならない「行事」（半ば仕事だけど、一円にもならないよ）が連なっております。この間は、尾根筋をつたい、トレイルランをしているような感じ。いうなれば、連なる山はわたしにとって、ひとつひとつが「義理」です。少々の無理をおしても走らないといけない。

大事なことは、この間、なんとか体調を維持すること。体力だけが頼りです。

縦走の区切りは、今年だと二月一一日です。そこから、一気に申告の準備にかかることになります。

そうやっていつも、綱渡りのように二カ月を費やすのです。

と、一年の残りはもう十カ月になっている。年が明けるや否や、はやくも六分の一の時間をつかってしまうことになります。

昨夜、やっと依頼主に古事記の現代語訳を送稿。が、ひと休みとはいきません。今週は、日曜日まで連日朝四時半起きです。縦走は、続きます。

二〇一九年二月五日（火）　地蔵さま

立春を通過しました。

これといっていいことなどないのに、暖かくなると、それだけでうれしい。

ちかごろ、道ばたにたたずむ地蔵さまに会っても、願いごとが思い浮かばないことがよくあります。

そりゃね、お金があって裕福に暮らせるにこしたことはありません。いただけるものがあれば、もちろんいただきます。

でもね、地蔵さまが耳をかたむけてくれるのはあくまでも「願いごと」であって、「頼みごと」ではありません。地蔵さまをこまらせてはいけません。

で、落ちつくところは、たいてい「平穏」への感謝となる。「無事に一日が終わりました」とか、「いいご縁をいただきました」とか、「なんとか春がやってきそうです」とか。

そういってみるだけで、ちょっとの余裕や安心を感じることができるから不思議です。

地蔵さま、いつもそこにいてくれてありがとうございます。

二〇一九年二月二四日（日）　落書き箱

時間をつくっては、申告の準備をしています。具体的には、「経費帳」の作成です。

わたしの場合は、仕入れがあったり、雇いの人件費があるわけではないから、もっぱら経費に認められる支出を拾いだすことのみ。で、項目別に一覧にするわけです。

手間はかかるけど、作業は単純です。

一日一ページというタイプのダイアリーを、もう十年以上つかっています。支出は、当日分の下隅に、書き込むことにしています。だから、経費帳の作成は、おのずと一年の振り返りとなるわけです。毎年のことですが、これは案外、必要なことかもしれない、と思う。

どの時期に、どんなできごとがあり、そのときに自分はこんな仕事をやっていたと回想し、反省したり自分で自分に感心したり。

この作業には、――意図したわけではないんですが――もうひとつ意味があります。手帳のなかに書き残した「戯《ざ》れごと」を、再発見することができるのです。

そのとき、なぜそれを書いたのか、思いだせないこともよくあります。まったくもって「まっしろな言葉」として、それが目の前にあらわれるのです。

ゆえに、おもしろい。

ひっかかる言葉は、「落書き」として小さな裏紙に書き残しておきます。それから、詩ができることもあります。

森には
オオカミがいて
オオカミとともに
旅をするカラスがいて

という意味不明の一筆が見つかりました。九月の終盤のダイアリーです。なんだかわからないけど、裏紙に残しました。裏紙は、とりあえず「落書き箱」に放り込んでおきます。溜まりすぎて、すこし捨てないといけないなぁというとき、再び目にふれることになります。時間がたって、ほどよく醱酵、熟成がすすんだものもあれば、分解されて養分がなくなっているものもあります。

二〇一九年三月一六日（土）　このごろのこと

二〇一九年になってから、三カ月半。なんだか、長い三カ月半でした。考えなければならないこと、見通しがきかない案件が散らばっていた状態で、いろいろなことに手がつきませんでした。

じつに個人的な（家庭内の）ことですが、昨日、思いがけずとどこおっていた問題のひとつに見通しがたちました。

肩の荷が降りる。

と、次にくるのはお金の問題です。一年になんど思うことか。打ち出の小槌というのは、どこにもないのだなぁと。

人生の多くの課題はお金とセットになっています。けれども、お金だけで解決可能な問題は、あまり見あたらない。裏がえせば、お金は問題決済の重要な道具でこそあれ、それのみで決定的な手段とはなりえない。

たいがい、お金を行使できる段階というのは、問題に見通しがたった状態なのです。

されればお金は、なにかを解決したり、解消したり、あるいは大切な切符を手にするための、手数料と考えてもいいのかもしれません。ほんとうに難しいのは、支払いを可能にする状態を整備すること。

さまざまなケースが考えられるけど、地道な努力の積み重ねやコミュニケーションや合意形成の手順を怠ってしまうと、お金の力を行使する機会は失われます。

酒場などで手相を観てもらう機会が、過去になんどかあったけど、そういえば「金運」を評価されたことは、一度もありません。

なるほど、正しい。

占いをたてるみなさんは、「けれども、しぶとくやっていく。人生の後半は、吉兆があるやも」といった慰めを申して、場をおさめます。

人格が「きわめて繊細」だというのも共通点です。ものはいいようで、「もろい」「破綻しやすい」という欠陥を、あたりさわりなく表現してみせるのがうまい。

妙なもので、こういう見たては、おりに触れて思いだすもんです。

先日、お会いしたあるかたが、疲れた顔で深々とため息をつき、「年があけて三カ月しかたってないけども、ことしはなにかたいへんなことが起こるかもしれない気がしている」と申しておりました。その言葉が、どこかにひっかかっています。

ともあれ、そろそろ新しいテーマに手をつけないといけない。両手の三カ所にできたしもやけが、すこしよくなってきました。

気がつけば、春に追い越されていました。

二〇一九年三月一七日（日）「お祭り」前

いまや、過激な排除の思想がすっかりあたりまえになって、国家の権力者すらもそれを隠そうとしません。もう、どこがどう破綻しているのかさえ、わからない。

辺野古の埋め立てをめぐる住民投票に対する安倍政権のやりかたは、やがてボディブローのようにダメージをもたらすかもしれない。そんな危惧が消えません。

どこに？

一人ひとりの「内面」です。表明した意志を、このようなかたちで蹂躙される。それはいずれ、考えることの放棄をうながしやしないか。

安倍政権は、法治国家の枠組みを破壊してきました。しかし、彼ら政権が確実に実行しているもっとも恐ろしいことは、各種法案や得意の閣議決定でもって「内面」への介入に道筋をつけていることです。

情報の不開示や個人情報保護法の改悪、共謀罪、相次ぐメディア攻撃、学校教育における教育勅語の容認などなど。

社会が綻びていくときには、必ずやひろい範囲で個人の内面の破壊が起きています。すでに破壊状態にある者と、そうでない者との分断が深刻になります。やがて政治権力に近い側が、そうでないものを監視するようになってゆきます。氾濫した河川が、低地に流れ込むように、自然とそれが起こる。

綻びは修復されずに「お祭り」で覆い隠されることになりそうです。この先、年号の交代、東京オリンピック、そして万博と、大きなお祭りが立て続けにやってきます。

お祭りは、じつは「津波」なのです。津波は、圧倒的な力で、不都合な暗部を飲み込んでしまう。

黒い濁流は、もちろん内面にも流れ込んできます。かろうじてにぎっていた危機感など、ひとたまりもないかもしれません。

二〇一九年四月一日（月）　このごろのこと

なぜだか、これにまでにないほど、両の手にしもやけができた冬でした。

ひどくふくれていた右の薬指第二関節の少し上は、とうとうぱっくりと割れてしまい、いまだに治りません。

アカギレなど、子どものとき以来です。

「そこ、痛くないですか。どうしたんです？」

と、ときどき訊かれます。

「あぁ、しもやけが切れてしまって――」

とこたえると、いまいちど訊かれます。

「しもやけ？」

このご時世に、そんなつらい水仕事をなさってますか、とでも言いたげですな。


塩麹納豆という食べ物をいただきました。

「なんですか？」

「まぁ納豆なんだけど――、うまいのさ」

山形県酒田のものだという。

じつは、発酵食品には目がない。

さっそくその夜、封を切りました。

かんでみると、ふかした豆のかおりがひろがってゆく。福ふくとした味わいです。

肴にすると、酒がすすむこと。

こういうものに出会うと、なにが起こらずとも、その日一日がじつに充実していたと思えてくるのです。

さっそく、だれかに教えたくなりました。ささやかな幸せは、お裾分けしたくなるものです。

さすれば、おいしいものをつくる人は、幸せの種麹をし込む人だといえる。

おがみたくなります。

二〇一九年四月六日（土）「令和」がきたけど

「令和」の発表にはじまった連日の大騒ぎも、週末には少し落ちつきましたか。花冷えもようやく弛み、悲鳴をあげていたわたしのしもやけも、ひと息ついています。アカギレは、まだまだ癒えないが。

元号に、これという関心はありません。強いていうならば、必要だとも思ってはいません。よく耳にする「日本固有の文化」だとも、思いません。

元号発表の翌日、朝日新聞四月一日の朝刊一面の見出し二本は、次のようなものでした。

「新元号　万葉集から」

「初の国書　首相のこだわり」

官房長官による発表に続き、総理みずからが会見を開きました。夜にはＴＶニュースにも生出演という異例のメディア対応です。まさに異例ずくしの政治ショーです。

もともと公私の境がわからない安倍総理は、とうとう「元号」まで私物化してしまったようです。政治の玩具にしてしまったといったほうがいい。

輪をかけてあきれるのは、大メディアの煽りかた。大衆ウケしか考えない彼らは、ただの政権スピーカーとなってまるで恥じない。


いったい元号とはなんでしょう。

統治者の時間的な記号です。

つまりその統治者は、空間のみならず時間をも統《す》べる。

では、元号の存在根拠となる統治者はだれでしょう。

そう、天皇です。

元号と天皇制は不可分です。


いまの社会制度下、元号にはいかなる意味があり、必要があるのかという問いは、おのずと主語が天皇制へとひっくりかえる。

しかし、この議論はいっこう表にでてきません。オリンピックや万博の誘致とまるで同じノリで、「おめでとう」気分だけが、ただただ再生産され垂れ流されました。

元号の是非はともあれ、こうした節目に天皇制を存続させる意味への問いかけは当然あっていいわけです。いや、異論がぶつかってこそ健全です。

ここが、まっとうな社会（考えることのできる個人が共生する）であれば……

二〇一九年四月一四日(日)　シネマのよこ道　『ユーリー・ノルシュテイン《外套》をつくる』より

わたしはときおり映画の主題とはなんの関係もないところに、勝手にひっかかってしまいます。よけいなことが、気にかかってしかたない。書いておかないと落ちつかない。たいていそれは、わたし以外にはどうでもいいこと。題して、〈シネマの横みち〉です。

今回気になったのは、表現と社会主義体制。

《外套》の製作が、なぜこれほどに進まないのかと尋ねられ、ノルシュテイン・スタジオ「アルテ」のスタッフのひとりが、こんなふうにこたえています。

「彼はアニメーション映画の制作ばかりをしているわけではない。講演や出版活動だって忙しい」なんということもない事情だけれども、深くうなづくところでもあります。ようするに、短期で収益になる仕事をやらないと、映画の制作を続行することはできません、と言ったのです。いわずもがな、一切がアナログなノルシュテインの映画づくりには、とほうもない手間と多くの時間が必要なのです。制作資金とスタッフ（四、五人だったと思う）の人件費は、映画以外のことで、たたきださなくてはなりません。

ノルシュテイン自身も、なんどかそのあたりに言及します。「むずかしい時代だな。もちろん、ソ連時代もそんなに楽だったわけじゃないが——まだましか」といった塩梅。旧体制へのノスタルジーではなく、ままならない現状へのぼやきといったほうがいい。

社会主義国家・ソビエト連邦は、一定の所得を全国民に保障しました。だれもが国家の労働者なのですから。革命のスローガンであった「労働者の手による国家」や「平等」を、そのように実現したわけです。

そのテーゼは、社会主義以外の政治体制を根本から否定しました。したがって、ソ連共産党以外の政党を一切認めない。建前の「平等」と、一党独裁は不可分です。

独裁を持続させる絶対条件のひとつが、言論活動の厳格な管理です。となれば、表現を扱う職業人は、おのずと「自由な批判」という翼を国に差しだすことになります。

とはいえ、国による生活保障を、表現活動の統制という一面だけで語ることはできません。興行成績や制作の効率化といった経済の苦悩から、表現者を解放していた事実も見過ごせません。

ノルシュテインは、こうした政治環境下で表現の追求に没頭してきました。興行のために、無理に長編をつくらなくともよかった。作品を量産せずともかまわないし、いたずらに大衆好みにすり寄る必要もない。だからこそ、新しい技術に挑戦し、なんども実験をくりかえすことができたのです。

幸いだったのは、彼の作品へのこだわりが、国家体制と衝突するような指向性を持たなかったことでしょうか。

さて、《外套》の制作をノルシュテインが構想するのは一九八〇年代の末ごろです。あろうことかほどなく、あれほど強大だったソビエト連邦は崩壊します。ベルリンの壁が崩れた一九九一年のことでしたね。政治・経済体制の大変革に飲まれ、ロシア社会は混迷します。そこに登場したのが、かのプーチン大統領です。

ノルシュテインの話にもどりましょう。

ソ連崩壊前夜から、国内の経済は揺れに揺れました。おそらく、スタジオ「アルテ」も、先行きが見通せなくなっていたでしょう。すべてが、いままでどおりにはいかなくなった。《外套》プロジェクトのスタートと、ソ連からロシアへの激動期は、ほぼ重なります。

それを思うと、「わたしがやりたいことは、国家の意思に反する」と吐露するノルシュテインの次なる言葉を、安易に聞き流すわけにはいきますまい。《外套》の制作にはじまるこの三十年間を、彼は、ずっと「この国で自主的に生きる試み」を模索してきた、と言うのです。

「自主」とは、おそらく国家と市場の双方に対する自覚だと思われます。

いまや世界のアニメーターから「神さま」と尊敬されるノルシュテインですが、《外套》の完成を待ちわびるファンには、「だれにも責任などない」と拍子ぬけするほどにそっけない。ファンなくして成りたたない人気商売のクリエーターだったら、まずこんな言い方はしないはずです。

しかし、ノルシュテインは一方で、彼がもっとも大切にする人々を、つねに思いやります。

「わたしの追うべき責任は、ここで働くスタッフにのみある。（大切なのは）彼らが、すばらしいと思って仕事ができること」

良くも悪くも、ノルシュテインは、資本主義経済の申し子にはなりきれない。いや、かたくなにあらがう。小さなスタジオの自由を守り、いまだデジタル技術に頼らず、手仕事で《外套》をつくる行為そのものこそが、譲れない「この国で自主的に生きる試み」なのです。

二〇一九年四月一九日（金）　つきみ

月の軌道が、ずいぶんたかくなっていました。

季節が動いています。


新しいことをやろうという気力は、あいかわらずわかず、かといって必死でひとつのことに注力するわけでもなく――、四月の月をあきもせずに観ております。

どうやら、明日が満月のようです。

いつまでも月光におぼれていたいけども、そろそろ眠い。

二〇一九年四月二八日（日）　詩の神さま

一日を無気力に過ごし、じきにふとんにもぐらんとしております。

やったことといえば、掃除と夕飯づくり（鶏胸肉の味噌ガーリック風味ソテー、手羽元と大根煮）、銭湯に出かけたぐらい（二時間半もおったな）。そうだった、ぶちの散歩も。まっ、ぶちにしてみれば、あいつと歩いてやったと、なるのだろうが。

それでも、掃除の手を休める間なんかに、詩はできてしまったりする。妙なもんです。

素材、構成の見通しがないと手が動かないドキュメンタリーやフィクションの物語づくり、コラムなんかとは、そこがまるでちがいます。

いつなにがなくとも、詩ははじまる。

できるときは、勝手にできる。ふっと一行が降りてきて、しばらくすると次の言葉がやってくる。

走りすぎてもいけないから、まぁこのへんでやめておくかと思っても、言葉が追っかけてきたりもします。

ところが、なにかの目的意識を持って詩を書こうとしても、書けるもんじゃない。書けないときは、書けない。なにをやっても……

たとえば、みなを共感させようとか、覚醒させようとか、社会を変えようとか、マーケットのために最大公約数的な感動を演出しようなどとしたとたん、詩の神さまは姿を消してしまうのです。詩は、だれのためでもなく、だれの役に立たずともよいといわんばかりに。気まぐれで、勤勉でない。

すくなくとも、わたしの身辺をうろうろしている神さまはそうです（ほかの人の神さまはちがうと思うが）。

二〇一九年四月三〇日（火）　小糠雨

東京は、一日、静かに降りました。

大雨というほど激しくなく、じとじととというほど鬱陶しいわけじゃない。

あるに越したことはないけれども、長い道のりでなければ、レインコートも傘もなくてがまんできる。

外出の装備に手間どる雨は苦手なことこのうえないのだけれども、この手の降りは、じつは嫌いではありません。

ともすれば、どこかに出かけたくもなる。

ずいぶん昔のことですが、小糠《こぬか》雨という言葉を知ったときは、その響きの妙味に感激しました。霧雨と同義ですが、もうすこし細やかな水滴の雰囲気が感じとれます。足もとの濡れ具合までが、想像できる。

どことなく、感じがいいのです。

都心に所用があったついでに、夕暮れ近く、しばらく気になっていた喫茶店に立ち寄ってみました。

ドアのたたずまいが古めかしい。間口は狭い。入り口には焙煎機があって、店主が黙って仕事をしています。奥のカウンターはわずか五席ほど。なかは暗く、傘つきの電灯が四つぶらさがっていました。

音楽もなにもない。焙煎機が働く音と、豆からぬけでた煙がふわふわと浮遊するだけ。

本日のコーヒーは、二九〇円也。立地を考えれば、かなり安いといえます。

湯はぬるく、コーヒーにえぐみはまったくありませんでした。このうまみを味わうには、ほどほどのはやさで飲み干すのがいいでしょう。

カップの渋い趣味も、よく店になじんでいました。

長居をする場所でなく、一杯を飲み終えたら、早々に席を立つのがよさそうです。なにごとも塩梅が肝心です。

店主は、まるでそっけない。愉しくもないが、不愉快だというわけでもありません。

店を出て傘を開くと、重い空からあいかわらず、小糠雨がまかれておりました。

いつもの地蔵さまに手をあわす。

いい雨ですなぁ。

二〇一九年五月六日（月）「天子」の祝詞

令和がはじまったといいます。はじまるからには、なにかの終わりがあるわけです。でも、昭和も平成も終わってなどおりません。この社会が積み上げた歴史は、ずっと継続されております。時間軸の「記号」が変わっただけで、一切なにも変わりません。

日本に住む外国人のツイッターのなかに、「令和」のはじまりについての観察が、ぽつぽつと見えました。

そのひとつに、日本人はみな大喜びしている、まるでなにもかもが新しくなるかのような祝賀ムードだ、という主旨の感想（皮肉や嫌みではなくってね）がありました。それは大きくまちがった認識ではないのかもしれません。日本人が（無意識のうちに）畏怖してきた天皇の力の本質を突いているのです。

雄山閣が一九三五（昭和一〇）年に刊行した『国語国文学講座』一五巻に所収されている、折口《おりくち》信夫《しのぶ》の「上世日本文学史」に「祝詞《のりと》」の一項があります。

天皇制とはなんだろう、というわたしの素朴な問いに対し、考える杖となってくれた一節がここにあります。これが、いま読みかえすとおもしろい。

「昔は、生活と言うものは、四季の移り替わりも、農作物の出来栄えも、祭の来るのも総て週期的に皆元へ戻って、毎年々々同じように春から始まって冬に終わると考えて居た。つまり、日本の国では単に理屈の上ばかりでなしに、一年が暦の一区切りで、来年は又元へ戻って、何もかもがすっかり初めに返るのである。斯様《かよう》に、暦の移り替わる時、万物が総て再び新たな其《そ》の生活を始めようとする時、一定の場所に於《お》いて唱えるのが祝詞なのであった」（注：旧仮名遣いと送り仮名は、わたしが改めました）

森羅万象をリセットする大号令。まさに神業であるこの祝詞を、唱えることができるファンタジスタはだれでしょうか。それは「天子」しかおりません。

「天子は、暦日を自由にする御力で人民に臨んで居られる。此れが日本古代人の宮廷に対する信仰であった」

詔勅や元号にも、これと同様の威力が宿ったと考えていいでしょう。「天子が祝詞を下される。すると世の中が一転して元の世の中に戻り、何もかも初めの世界に返ってしまう」

この国の思考的な素地を考えるとき、案外見過ごされているのがこのリセットへの信仰だと、わたしは思っています。課題を直視したり、整頓して次に引き継ぐのではなしに、うまくいかなかった昨日を今日と切りはなして、「一新」という荒技にはしってしまう。

あるいは、まっさらなもの（こと）に、たいそう重い価値をおく。

さて、このように超人的な古代天皇像をじつに大胆に、近代の国民国家と結びつけたのは、水戸学の影響を強く受けた維新の功労者、つまり明治政府の中枢をになった者たちでした。

古代信仰の復活と、国民国家の建設を抱き合わせる――

折口によれば、祝詞には、社会の賃借関係を元にもどす世俗的な力（経済政策の権限）と、時間をまきもどして世界を「白紙」にする超越的なものと二種あったといいます。

明治国家ができたとき、天皇個人が徳政令を発する余地など一分もないのは明らかです。とすれば、政府が認めた（求めた）のは、「何もかも初めの世界に返ってしまう」という超越的な能力であったといえます。

令和の「おまつり」を目のあたりにして、ふいに思いだしたのがこの折口論文でした。「おめでたい」という熨斗《のし》にくるまれて、巷に満ちているのは、じつは不満と表裏の「一新」への渇望感だと思えたのです。

べつに、それ自体はよいのです。

しかし歴史は、教えます。近代国家になった日本が、天子の能力を借りようとしたときは、どこかに暴走の危機をはらむと。

二〇一九年五月一九日（日）　このごろのこと

さきの連休中のこと、住宅地の民家の一室を開放して、装丁家の桂川潤さんの作品展が開催されているのを知りました。名前は存じ上げておりますが、面識はありません。

偶然にも会場は、三駅ばかり先。

人文書を中心に、小説、写真集など手がけた書籍のジャンルは、じつに幅ひろい。

ご当人と少しだけ話をする機会があって、僭越ながらわたしの詩集『おぎにり』を差しあげました。で、「お返しというわけはありませんが」と、自著『装丁、あれこれ』（彩流社）をいただく。

『出版ニュース』の連載を軸に、書籍と装丁に関するコラムを一冊にまとめた本でした。

この一週間ばかり、ずっとそれを読んでおりました。

「装丁」を入り口に桂川さんの思索は、電子書籍、リアル書店、同業者トップランナーの仕事哲学、行き詰まる総合出版社と小出版社やブックカフェの勃興と挑戦、ブックデザインとはなにかというふうに、迷走する出版世界を縦横にはしります。

で、話の辻々で、わたしも面識のある人、人を介してつながる人々が登場してくる。

内容のおもしろさもさることながら、思いがけず、著者との不思議な距離感を意識する希有な読書体験でした。

「モノとしての本に対する時、まず目にするのは装丁。現実世界と異世界とをつなぐ魔法の扉だ。「本の顔」であり、「時代の顔」でもある。その扉を開けば、わたしたちは目眩《めくるめ》くテクストへと誘われ、扉を閉じれば現実世界に戻る」（同書「現実と異界をつなぐ扉」より）

おりしも、この書を読み終えるころ、文筆仕事の大先輩タテイシさんが、食事に呼んでくださった。お会いするのは、すいぶん久しぶりです。

体調を崩してリハビリ中でありながら、タテイシさんは病気の前後に考えてきたこと、試してみたこと、見えた課題などを話してくださった。

いかんせん話題が行きつくさきは、崩壊やまぬ出版世界のことになります。まさに共感することと、すこし現実への考え方や認識がちがうと思うこと、いろいろあったけど愉しいいっときでした。

翌朝、いただいたていねいなメールには、わたしのいまの執筆の状況に対する率直な言葉（歯がゆさ、叱責と激励）がたくさん詰まっておりました。

ありがたいことです。つい、PCにこうべを垂れました。

昨今、遠くに漂うばかりとなった出版世界が、めずらしく身近に感じられるできごとが、ぽつぽつと重なりました。

縁と機会というのは、こんなふうに、つながるときはつながるらしい。

二〇一九年五月二六日（日）　古書店で出会った「橋本治」

活字離れが進んだのは、人々の時間もお金もインターネットに奪われてしまったから。つまり、メディアの歴史的交代劇による。

橋本治《はしもとおさむ》は、巷にあふれていたその言説をそのまま語るのでなく、それ以前に起きていた読書の質の変化を語りました。注目したのは、意外やオイルショック後の八〇年代。ずいぶん古い。まだまだ書籍業界が活況だったときです。そのころ、人々にもっとも影響力のあったメディアは、インターネットではなく、テレビでした。

現代の生活に不可欠な地下資源の危機を克服した（と思い込んだ）人々は、「「これまでのあり方を振り返って、未来を検討する」ということをしなくなった」といいます。

その代わり、

「「そ、の、未、来、にはこうすればいい」という予言の書――つまり、分かりやすくてすぐに役に立つ「理論の書」を求めるようになったのです」

「消費者は王様だ」とまでいわれた二〇世紀後半、右肩上がりの景気しか知らなかった出版界は「理論」をどんどんわかりやすくする方向に進みます。

「なぜそんなことをしたのか？　分かりきっています。理論を売る出版も、また「大衆相手の商売」だったからです。時は折しも、「活字離れ」が言われてしまうような時代です。ただでさえ本から離れそうになる「客」を引き寄せるために、「こんなに分かりやすいですよ。すぐ読めますよ。役に立ちますよ」というアピールをしました」

橋本はこう指摘します。

「書かれた文字をたどって行けば、すぐ「分かった！」の正解にたどりつける。それは、「理論のマニュアル化」であり、「本のファストフード化」です」

ファストフードに慣らされた読者は、もっと安価でわかりやすい味のファストフード（メディア）にすぐに食いつく。そういう嗜好を、意図せず出版は育てていくことになる。言いかえれば、「行間を読む」という読書体験における読者の「分担」を、放棄させてしまうことになりました。

橋本曰く、「本を読む上で一番重要なのが、この「行間を読むです」（中略）「書かれたこと」の間には「書かれていないこと」があるのです。その「書かれていないこと」が、読者が探り当てて考えるべき「自分の必要なこと」なのです」

橋本の『大不況には本を読む』（中公新書ラクレ）が出版されたのは、いまからちょうど十年前、二〇〇九年です。リーマンショック直後の不安感が重く、世界経済が今後どうなるか不透明な時期でした。

本書で橋本が、話題の主軸に据えたのは、じつは経済の話でした。産業革命、江戸時代、明治の近代化や戦後の高度成長期、日米通商交渉など、彼は場面ごと過去にたちかえり、世界と日本の「いまがある」理由をさがします。

実際、タイトルどおりの「読書」の話など、一〇の一にも満たないかもしれません。で、最後のさいごに、本を読む意味に帰結していく。本書の構成が示すとおり、読書とは、知りたいこと、目的やさがす目印にたどりつくまで、かくも労力のいるものです。手間がかかる。金も時間も。こたえは遠く、実際、それは明確に示されません。

そりゃ、ファストフード化した情報のほうが、食いやすいわけです。

結果として、一冊に関わると、嫌でも立ちどまらざるをえない。でも、立ちどまることそのものが、読書体験だともいえます。

わたしはこの一冊を、三鷹の古書店で見つけて購入しました。あてもなく、棚を眺めていたら背表紙がふと目にとまりました。故人から、「やぁ、こんにちは」と声をかけられて、まさに立ちどまったわけです。で、「あれ、橋本さんじゃないですか」とあいさつし、しばし話を拝聴するにいたった次第。

二〇一九年六月二日（日）　このごろのこと

昨年、裏の山椒の葉のなかにアゲハの幼虫を見つけました。

ふいに思いだして、今朝、のぞいたら、三匹おりました。

膝丈ぐらいの小さな木です。よく見ると、きれいに葉がない枝が、ぽつぽつあります。よく食べるんだな。

古書店で買った尾形亀之助《おがたかめのすけ》の詩集を、ときどき開きます。夏葉社が、二〇一七年に発行した『美しい街』。挿絵に、松本竣介《まつもとしゅんすけ》のクロッキーをつかっています。

わたしはこれまで、思潮社の現代詩文庫『尾形亀之助』でしか、彼の詩を読んだことがありませんでした（これはこれで、非常にいい一冊）。

意外なのですが、おなじ詩でもすこし印象がちがうのです。造本はパッケージにすぎず、詩の本質はあくまでも、そのテクストにあるとは、重々承知しているのですが……

いうなれば、『美しい街』で読む詩には、冬の寒々しさや雨の冷たさをあまり感じない。亀之助の抱く虚空が、透きとおった珠のようなのです。

誤解をおそれずにいえば清々しくさえある。

モノとしての本のおもしろさです。

二冊目の詩集をつくろうと思いたち、作業にかかることにしました。

で、なにを描くというあてもないまま、久しぶりに墨を摺ってみました。

もちろん、本がどんなつくりになるかは、この段階では皆目わかりません（挿絵が必要か、どんな絵がいいのかだって）。そもそも、版元があらわれるかどうかも。

ただ、詩稿をまとめる力を借りて、描きたいものを描きたいように描いておこうと考えたまで。

ひょっとしたら、言葉の印象がどこかに映るかもしれない。そんなふうに思った次第。

さきのことは、なにひとつわからない。二十年前よりも十年前よりも、昨今はもっともっと視界がきかなくなったようです。いやいや足もとでさえ、見えにくい。

だから、しばらく手を動かさないでいると、自分がどこへ向かえばいいのかさえ、わからなくなってしまう。気のせいか、こんなに情報があふれているのに、社会の声が聞こえにくくなっているようなのです。

和紙に墨をぶちまけたら、心なしか気持ちがすわりました。たしかにそこにあるものに、手が触れた感触。

二〇一九年六月二九日（土）　このごろのこと

金時鐘《キムシジョン》や田村隆一《たむらりゅういち》の詩をしばらく読みふけっておりましたが、それが落ちついてしまうと、なんだかめくるものがない。

読むべき書はヤマほどあって、必ず読みかけの一冊がカバンにはいっているのだけども、時間を埋める「なにか」がないのです。

じゃ、時間があまっているのかといえば、そうでもない。むしろ、まったく足りないのです。

「なにか」とは、なにか。

それは、詩であってほしい。あるいは、言葉でなくともいいけれど、やはり詩的なものであってほしい。

考えだすと、いつものところに行きつく。

そもそも、詩などなくとも、だれもこまったりはしない――

このとまどいに似た問いを、うまくひっくりかえせるものならば、きっと詩とはなにか、という明らかなこたえが見えるはずと、思うのです。

けれども、ひっくりかえせそうでいて、うまくいかない。ひっくりかえしたつもりでも、ひっくりかえせてはいない。

イカの皮むきのような塩梅にはいかないのです。

根源的な課題や命題の核心部は、そのようにしてあらわになるという漠たるイメージが、なぜかわたしのなかに、昔からあるのです。

ブッダが立てた命題「根源的な生存欲の滅却」というのは、まさに「生きる意味」を、みごとにひっくりかえしてみせたのではないかと思う。その思考法そのものが、だれも見たことのない地平の発見であったはずなのです。

脱線してしまいました。

人にとって、言葉ほど有用なものはない。けれども、どこかで言葉はそれに抵抗してきた、ずっと。言葉自身の意志で。

その過剰なまでの実用性と機能を無化しようとする磁力を、根本に持っている。そうやって、言葉を駆使するがための人間の精神の不調と、釣り合おうとするかのようです。

だから詩には、なんの意味がなくても、なんの実利がなくとも許される。そんなものは詩ではないとは、だれにもいえないのです。そんなものでも、詩でいいのです。まぁ、詩なんだから、なんだっていいよ、なのです。最近、ぼんやりと考えたことです。

二〇一九年七月八日（月）　このごろのこと

サイダーの泡立ちて消ゆ夏の月

たまたま目にした一句。夭折した現代の俳人のものかと勝手に思ったが、さにあらず。作者は山頭火《さんとうか》でした。山頭火にはときどき、時間をひょいっとくぐりぬけてしまうような、不思議なぐらいかろやかな句がある。

ぶちの左耳が折れ曲がったまま治らない。ソファで激しく頭をこすったときに、折れたらしい。治療はしようもないという。フレンチブルドッグらしい、ぴんと立った耳が、ひとつなくなってしまうと少々不格好です。まぁいい、ぶちはあいかわらずぶち。

ジョージ・オーウェルの『動物農場』を新訳（ハヤカワepi文庫）で再読。読みながら、あぁこんな展開だったなと、かつての記憶を引きずりだす。

おどろくほどのリアリティに、たじろぐ。冷戦時代も現代も変わらぬテーマの核心を、彼はたしかにつかんでいます。

これもまた時間のフィルターをくぐりぬける一冊。

二〇一九年七月二三日（火）　ほんとうに帰らないつもり？

友人が逝ってしまい、じきに十日になるのだけれども、あの一報はなにかのまちがいだった気がするのです、いまだに。待っていれば、いずれメールがくるかもしれない。電話が鳴るかもしれない。やっぱり、そんな気がしてならないのです。

友人と言ったものの、正直、だいぶ年上の彼をどう呼んでいいものか、いまごろになってわかりかねている始末です。どんな関係であったのかと問われたならば、即答はできないなぁ。

なぜだか、あれやこれやの世話を焼いていたもらったことだけはたしかです。他人とは思えないほど懇切に。それに対して、礼をかえしたり、こちらからなにかをしてあげたことがないのも、またたしかです。

言ってみれば、ただそれだけ。

いまさらですが、生年月日も知らなければ、写真の一枚とて持っていない。享年だって、はっきりわからない。

彼について知っていることは、ただひとつだけ。

自分の「好き」が、ゆらぐことはなかった。好きな歌、好きな絵、好きな詩、好きな句を、いつも大事にだいじに抱えていたっけ。

それにしても突然すぎて、あまりにあっけなくって、なん日たっても、彼がいないということが理解できません。

行き先も告げずに、いったいどこに行ってしまったんだろうか。ほんとうに、もう帰らないつもりなんだろうか……

ただただ、さみしいのです。

煙るよふけ　逝くきみにわたすかさはなく

二〇一九年八月八日（木）　彼についてのおぼえがき

神保町交差点の近くで、彼とばったり会ったときのことを、このごろよく思いだします。

東日本大震災のあとしばらく、まだ社会が混乱の余韻をひいていた初夏に、拙著『君は隅田川に消えたのか　藤牧義夫と版画の虚実』（講談社）が刊行されました。直後、書籍の舞台だったかんらん舎で鉢合わせたのが、初めての出会いでした。

執筆中に、見も知らぬわたしに資料を一冊届けてくれたという奇特な方で、画廊主のオータニさんが紹介してくれたのです。が、そのときは、とおりいっぺんのあいさつをしたぐらいでした。

まさにその十日ぐらいあとでした。

神保町交差点の地下鉄に向かって歩いているときに、ふと立ちどまりました。とくに、理由はないのですが、なんとなく足がとまったのです。

振りかえったら、大柄で坊主頭の男が背中にバックパックを背負い、片手にもいかにも重そうな袋をさげて、汗だくになってもくもくと歩いてくるではありませんか。ジーンズにスニーカー、シャツというよくあるいでたちでしたが、どうにも異様な風体です。

あっ、と思いました。つい先日、かんらん舎で会ったあの人ではありませんか。うつむいたまま彼がわきを通り過ぎようとしたとき、

「ヒロセさん」

と、声をかけると、相手は背後を突かれたようにひょいっと面をあげ、やがて満面の笑みを浮かべました。ほんとうにくしゃくしゃの顔で、笑うのです。で、少々ひかえめに、こう言いました。

「ねぇ、いまちょっと時間あります?」

「えぇ」

「これから、すぐさきの喫茶店でビールを一杯飲もうと思っていたんですよ」

神保町で古書をさがした帰りは、決まってそこの椅子に座るのだということでした。

一時間ほどいた喫茶店で、バックパックから取りだした画集を開いたりしながらなにを話した

のかは、あまり覚えていません。別れ際のあいさつはこうでした。

「よかったら、こんどオータニ君と三人で一杯やりませんか。連絡しますからね」

あれから数えると、彼と共有した時間は、八年ということになります。たった八年です。それが不思議でなりません。

もっともっと長い時間、いろいろなことを話した気がして、指を折ってみるのですが、やっぱり八年です。

このさき一緒に過ごす時間は、もうないのです。八年はずっとそのまま、九年にはならないのです。

「ねぇ、いまちょっと時間あります?」

という誘いも、二度とないのです。

あぁ、おわかれするって、そういうことなのか。

二〇一九年八月一八日（日）「英霊」の季節

八月一五日前後に、「英霊」という言葉が、決まってメディアを飛びかいます。飛行機が、あえて市街地を低空で飛行するかのように。たとえば、自民党の稲田朋美衆議院議員は、次のようなツイートを発信しました。

「令和最初の靖国参拝。朝、安倍晋三自民党総裁の代理として参拝し、その後「伝統と創造の会」のメンバーと参拝しました。いかなる歴史観にたとうとも祖国のために命を捧げた英霊に感謝することなくして道義大国は実現しません。」

わかるような、わからないような。

ただ、末尾の文章の次なる組みたては、すぐに理解できました。「英霊への感謝」が、彼女が訴える「道義大国の実現」を肯定するか否かの「踏み絵」となっているのです。

なにか、ひっかかるよね。だって、いかに戦争を知らない世代とはいえ、戦没者を悼む気持ちに大差はなく、その供養を否定する現代人はまずいないでしょう。「いかなる歴史観にたとうとも」、です。

日本近現代軍事・政治史を研究してきた吉田裕・一橋大特任教授の近著『日本軍兵士』（中公新書）では、日中戦争以降の軍人・軍属の戦没者約二三〇万人のうち、栄養失調など体力の消耗による病死者をも広義の餓死者ととらえ、その数を約一四〇万人と推計しています。じつに全体の六一パーセントです。

さらに資料を精査すれば、負傷兵への自殺の強要や私的制裁による自殺といった隠された状況も見えてきます。稲田さんが言うように「祖国のために命を捧げた英霊」のイメージとは、かなりかけ離れています。敵と戦うまでもなく、組織体制によって膨大な命が消耗されたのではなかったか。

戦争という状況下で受けいれざるを得なかった、これらの死を「祖国のために命を捧げた英霊」とひと括りにする人たちに共通の話法があります。

その英霊によって現代の平和はもたらされた、という前向きな歴史解釈です。彼らは、英霊を祀る靖国神社を詣でる自分の行為を、このような文脈のなかに意味づけして、かつての「聖戦」を肯定してみせるわけです。

つまり、いまだに敗戦という歴史事実を真摯に引き受けない人たちこそが、「英霊」を「使役」することをやめないのです。おのれの政治信条の補強に、「英霊」を動員することに、なんの疑問も感じない。おそらく、あの戦争で無為に人々の命を浪費したのは、そのような指導者たちだった気がします。

死者が家族のもとに、つかの間帰るという盆のさなか、「英霊」は、ことしも世間をさまよいました。

「もうやめないか。大日本帝国も国体も、なくなったんだよ。道義大国ってなにさ」

霊たちが袖を引っ張ったとしても、胸を張って靖国の鳥居をくぐる人々の耳に、それは届かないようです。

二〇一九年八月二七日（火）　このごろのこと

暗くなってからだれもいない家にもどり（留守番のぶちはいる）、窓を開けると虫が鳴いているのに気がつきました。

あぁ、秋か。

しばらくすると雨の音が聞こえました。

窓を閉めないといけない。二階にのぼると廊下の窓に、かすかに気配を感じるのです。よく見ると、はりついたヤモリの腹が、隣家の灯りによって浮きでている。

なんだなんだ、お客さんか。

七月の半ばに友人が逝ってから、この一カ月の間に三人を見送ることになりました。

それも、わりとお世話になった人ばかり。

こんな夏がくることを、想像もしなかった……

この数日、にわかに秋めいてきて、なにやらほっとしたのは、「人を見送る季節」がやっとここを去ってゆくという勝手な自己暗示なんだろうね。

さて、そこまできた秋はなにを考えているやら。

体が重く、気持ちものびきってしまった、感じ。

かれこれ二十年ちかく、水彩色鉛筆のセットを欲しいと思っておりました。店で見かけては、しばらく足をとめることを、なんどくりかえしたろうか。

結局、〈いまの自分には、すこし贅沢だなぁ〉と、まいど思いなおすのです。

先日、疲れを引きずって、新宿の総合文具店にはいったとき、ぼんやりと水彩鉛筆セットの前におりました。で、ぼんやりと「STAEDTLER」の三十六色セットをかごにいれました。

わたしにとって決して安いものじゃないけれども、必需品でもないけれど、いま猛烈に欲しいわけでもないけれど、前から計画した買い物でもないけれども、そういう一切を考えるのが、なぜかこのときはばからしくなっていました。

それから、ばら売りの油彩色鉛筆棚の前に立ち、あれもこれもと二十色あまりを憑かれたように手のなかに集めてゆきました。

レジで表示された金額を人ごとのように見つめ、どうしちゃったんだろオレと、ぼんやりと思ったのでした。

二〇一九年九月一六日（月）〈シネマ手帳〉No.52『サタンタンゴ』

貧しさと、窒息しそうな閉塞感から逃れる術も知恵も気力もない村人たちがおります。資産などなにひとつ持たない彼らだが、なかの数名は村人の貯金をあずかる立場にある。つまり、現金をにぎっている。

時代はおそらく欧州大戦の前夜。ハンガリーの荒野のただなかにたたずむこの村を、大雨がたたります。雨と泥と、垢にまみれた暮らしは液状化し、閉じられた世界の人間関係が、にわかに緩みだす。手中の金を独占できるならば、こののろわしい現実から逃避できる、とだれかが思ったとしても、べつに不思議はないでしょう。

ひとつの噂が、村人を戦慄させました。

死んだはずの男「イリミアーシュ」が生きており、大雨のなか村に向かっているというのです。もし本当ならば、男の目的はひとつしかない。彼らが保管する金を回収しに来たのです。ところが、それをわかっていながら、彼らは金を持って逃げることも、情報を確認することも、抵抗の準備もできず、雨に打たれる村に釘付けになって酒におぼれるだけなのです。金縛りにあったかのように、一歩も動けない。

ぬかるみを踏むイリミアーシュの足音は、確実に村にちかづいてきます——

四年の歳月をかけて一九九四年に完成したハンガリーの鬼才タル・ベーラ監督の作品が、二十五年のときを経てついに公開されました。なんと、七時間一八分の大長編。

わたしが出かけた公開二日目は、日曜日でもあり満席。放映後、疲れきって席を立つ幾人かからもれたのは、「わたしには、難解かも……」という戸惑いでした。わからなくもない。『ヴェルクマイスター・ハーモニー』（二四五分）も『ニーチェの馬』（一五四分）もそうでした。はかりしれないタル・ベーラの創作の精力は、「みんなにわかってもらう」方向には、おそらく向いてはいない。

七時間を超える映像は、タル・ベーラがこだわり続ける三五ミリ、モノクロフィルムにより、一五〇カットでつくり込まれています。単純に割れば、一カット約三分弱の長回しとなります（きっと現場では、もっと長い間カメラが回されている）。タル・ベーラの映画作りの最大の特徴がこれで、ストーリーは展開せずとも、切れ目のない映像が延々と続く。たとえば、一本道を行く人の後ろ姿が遠ざかり、豆粒ほどになり、ついに消えてしまっても、目線は動かない。よく計算された美しい画角を、その間、タル・ベーラは寸分もたるませることがありません。語りをやめないその映像が、「話の筋」をも飲み込んでいきます。

そう、観衆はどこかで「意味」やら「正常と異常の境界線」を、放棄せざるをえなくなります。タル・ベーラのわきに立ち、わたしたちはひとつの風景を、時間をかけて目を背けずに見つめるだけなのです。

それしかできない。

音楽のヴィーグ・ミハーイともども、タル・ベーラ映画のてっぱんスタッフであるクラスナホルカイ・ラースローの同名小説（英文学賞ブッカー国際賞を受賞）が原作で、当人が脚本を書き下ろしました。

「六歩まえ、六歩うしろ」というタンゴのステップに符牒させた全十二章は、視点をたがえる重なり部分があり、時間軸を行きつもどりつします。そして、大金をにぎる運命共同体もまた、タンゴのリズムにのっとり、前にすすむことを知らない——のです。

（監督・脚本：タル・ベーラ／原作・脚本：クラスナホルカイ・ラースロー／撮影監督：メドヴィジ・ガーボル／音楽：ヴィーグ・ミハーイ／出演：ヴィーグ・ミハーイ、ホルヴァート・プチ、デルジ・ヤーノシュ他／一九九四年／ハンガリー・ドイツ・スイス合作／モノクロ／四三八分　ビターズ・エンド配給）

二〇一九年九月二九日（日）　タガがはずれる

「あいちトリエンナーレ」への補助金の不交付を、文化庁が決定しました。事実上の、取り上げです。

判断は、まったく法の合理性を欠きます。だれの目にも明らかですが、実際は、ことの発端となった「表現の不自由展」の内容が、交付金を出す中央省庁の機嫌を損ねた。それだけのことでしょう。

もっと率直に言いましょう。

懲罰です。安倍政権が不快感をあらわにしたことは、想像にかたくない。これを速やかに所轄官庁が汲んだだけのことです。

きわめて深刻なことは、行政運営が「法の支配」から逸脱、法治の原則を歪めてしまっていることなのです。表現の是非に、問題の本質をすり替えてはいけません。権力者の機嫌をうかがう、文字通り無法な判断が、かくも堂々とくだされたのですから。日本はもはや法治国家の体をなしていない。そのことに、気づくべきなのです。

箍《タガ》がはずれる——

の箍とは、桶側の板を外から結わえた金や竹の輪のこと。これがないと、桶の体をなしません。国を桶にたとえるならば、箍は憲法です。権力を監視し、法の運用の基本原則を示しています。日本という桶は、とうに箍をはずしてしまい、水を溜める機能を喪失しています。戦後培った、表現の自由の尊重、国家権力の抑制機能を、こうもかんたんに放り捨ててしまったのです。

表現と言論が枯れた土壌に、どんなものがはびこるのかは、戦前の歴史から想像するよりない。いや、想像するまでもなく、いろいろなことが現実に起きております。

オリンピック会場で旭日旗を容認する判断がそう。なんの真相も明らかにならない森友・加計問題がそう。法人税減税の穴埋めに充てられる消費増税がそう。アメリカのポンコツ戦闘機のバク買いがそう。教育勅語を学校教育に持ち込むことを歓迎する閣議決定がそう。集団的自衛権を容認する閣議決定がそう。官邸の御用ジャーナリストのレイプ犯罪見逃しがそう。疲れるので、もうやめよう。

行政や司法への堂々たる介入や、憲法を閣議での合意で形骸化させる行為は、なにを意味するのでしょうか。つまるところ、閣議やその主要メンバーの意向や思想が、憲法よりも上位にあるってことなのです。すごい事態なんだぜ、これって。なんせ、箍がはずれてるんだから。

二〇一九年一〇月六日（日）　このごろのこと

人を見送ってばかりだった夏も、やっといってくれるか。と思っていたら、昨日は猛暑となりました。

短パン、サンダルにストローハット（麦わら帽子とは申しません）をかぶって、クロッキーをやりに出かけました。が、さすがにもう一〇月だけあって、電車のなかでこの手の姿は見かけなくなっておりました。

美術館の部屋に入ると
「いやぁコマムラさんは、まだまだ夏ですねぇ。夏休み中みたいだなぁ」

と、知人が言う。うっかり、半歩ほど季節感がずれてしまった、らしい。で、よそさまからは、ずいぶんお気楽に見えるらしい。

暗くなった帰り道は、やはり微妙に寒い。

なぜだか、突然ぶちが階段をのぼることを覚えました。気がつくと、ドテッドテッと音をたてて、短い足でよじのぼってくる。

で、人の仕事部屋にはいってきて横になる。

困るのは、降りられないこと。しばらくすると階段の前に座り込んでじっと下をのぞき、身じろぎもしない。まるまった背中のかたまりが、降りたいと言っているのです。

しかたないので、抱きかかえて降りてゆきます。一日家にいるときは、何度となくこういうことをくりかえすことになります。つきあいきれないのです。

ぶらりとはいった文具店でちょっとだけ格好いいクリップを見つけたので、用もなく買ってしまう。八六円なり。

はさみ口の「歯」が、まるい曲線に加工されており生地などを傷めない。風を通すために、カーテンの端をつまむときにつかうようになりました。いい買い物だと、まいどほくそ笑む。

あきずに、『星の王子さま』を開く今日このごろ。

「人は、気のきいたことをいおうとすると、なんとなく、うそつくことがあるものです」(内藤濯訳 岩波書店)

二〇一九年一〇月二二日(火) おじさんの嫌いなこと

またまた長い雨。山間地の緩んだ地面や岸の崩れた川に、容赦なく水が注がれています。

あっ、薄日が差しそうな……

この一週間ほど、会う人、会う人と交わすのが、台風一九号のときの互いの状況。まさに、これが「あいさつ」となりました。

「そちらは大丈夫でした?」

「浸水はなかったけど、紙一重ですよ」

川越市郊外の人は、一階にあった会社の機材を全部二階に上げたと言います。

「夕方、川を見に行ったとき、もう堤防越えは時間の問題だと思いました」

川の水は畑地に進入したけれど、さいわい住宅地には上がってこなかったそうです。大月市の人は、集落に入る途中の橋が崩落してしまったと言います。中央道も寸断され、ふだん車を飛ばして三十分の場所に行くのに、六時間かかったと。

「信じられないぐらい降りましたよ。でも、どうしょうもないですよね」

長野市の人は、低地にあった団地の浸水にはさほど驚かなかったが、今回は付近の寺の本堂までが水に浸かったと言います。古い寺や神社はそもそも、そういう場所には建っていません。長い年月をかけて、いくどか移動をして安全な位置におさまっているものですから。

「こんなこと、初めてだ」と、みんなが言います。

経験してきた「これまで」と桁がちがう。つまり「これまで」が通用しない強風であり、強雨だったのです。でも、こうも言います。

「これからは、この規模の台風がふつうになるかもね」

地球環境の根本が激しく崩れていることを、みんな実感しているのです。データを示せとか、こんな台風はレアケースで百年に一回きりだという強がりを言う人には、すくなくともわたしは、出会っていません。

ネットのなかにはいまでも、温暖化対策を訴える一六歳のグレタ・トゥンベリさんの国連演説を批判する声が、まさに堤防を切った泥水のごとくあふれています。トランプ大統領、プーチン大統領、福音主義者のエリック・エリクソン、オーストラリアの政治コメンテーターのアンドリュー・ボルトら多くの保守派の権力者も、それに同調しました。

曰く「裏で（環境団体の）大人に操られている」「彼女は恐怖に支配されている」「両親が子どもの教育の機会を奪っている」「多くの精神疾患を抱える少女が、大人からグルと仰がれている」

「だれも彼女に世界の複雑さや多様性を教えなかった」と。

世界を動かす「おじさん」たちがそろって、グレタさんをにらみつけました。

たしかにおじさんの環境意識は、若者のそれに比べると低い。人生の時間の長さから、彼らはかろうじて逃げきり可能な時間のうえに立っていますから。

しかし、おじさんの憎悪をかきたてたのが、「環境問題」そのものであったとは、どうもわたしには思えなかった。

おじさんは、そもそも若者に意見などされたくはないのです。政治に参加してほしくないのです。おじさんたちの「慣例」や「あたりまえ」が、若者には通用しないからです。

もっといえば、次世代に説明できないルールによって動く現状の社会システムが、彼ら受益者には都合がよいのです。ですから、彼らは提示された環境問題について正面からこたえようとはせず、彼女の年齢や障がい、家族関係などを攻撃したがるのです。

問題のすり替え、だね。これもまたおじさんの世界でしか通用しない手段なんですが。

はっきりわかったことは、おじさんたちが若者の声に耳をかたむける気などさらさらないということ。人間社会のベースにある森や海の声を聞く力も、そもそも持ってはいない。なによりもおじさんたちは、社会化をこばむ「子ども」が大嫌いです。

おじさんの意識を変えることは、不可能です（既得権益に寄らず意識を変革できる人は「おじさん」ではないからね）。ならば、現実的な選択肢はひとつです。おじさんが支配する社会システムには頼らないこと。

たまたまラジオをつけたら、ゲストで登場した社会学者の宮台真司さんが、若者たちにこんなメッセージを送っておりました。先進国でもっとも早い速度で生活システムが劣化していくであろう日本では、「社会という荒野をなかまと歩くしかない。そういう選択しかない」。

社会システムを頼らないというよりも、もはや頼ることは不可能だというわけです。

あえて申しておきますが、この「なかま」は、もちろんおじさんたちが好きな「おともだち」と同義語ではありません。

二〇一九年一〇月二八日（月）　坂をのぼり 坂をくだり

久しぶりに神楽坂をのぼりませんかと、オータニさんに声をかけてみたら、「たまには、いいか。こっちも話があったから」との返信アリ。

路地の焼き鳥屋にはいり、そこからあまりにご無沙汰続きでウィスキー・ボトルが流れたバーに顔を出しました。

それもつかの間、タクシーを飛ばして一気に坂を降り、新宿二丁目の間口の小さなおかまバー

「ヨウチャンち」に座っておりました。前回ここに寄ったときは、ヒロセさんが一緒でした。二年前のことです。

途中で降りだした雨が、つよくアスファルトをたたく夜でした。

六年前にいったん流れた宿題のことがふと持ち上がり、「さてどうしたものか」と思いつつ、オータニさんと別れました。長靴姿のヨウチャンも見送りに出てくれました。

「またね」

いつでも会えると思っていた人がひとり去り、ふたり去り、いつでもそこにあると思っていた店が、音もなく暖簾をおろし、またふいにドアを閉じ――

気がつけば、ひとりとり残されてしまう……

とり残されるのは錯覚で、ほんとうは時間の瀬にのって昨日とおなじ流れのなかにいるだけなのです。出会う「風景」のほうが、移っているのです。それが、生きている証だともいえます。生きる者は、必ず人を見送らねばならないのです。たしかなのは、自分もまた、どこにあるかわからない終点に向かっているということです。


見知らぬ方に、手紙を書きました。

一冊の書籍を構想したとき、会っておかなければならない人が脳裏にぽつぽつ浮かびます。その構想が書籍という形におさまるまでには、ずいぶん長い時間が必要です。考えると、とたんに歩きとおす自信がしぼみます。いつだって、そうです。かつて、かんらん舎の扉を開けたときも、やはりそうでした。

ことしは、たいへんな年なのかもしれない。引きかえせない角を曲がったかな……

残すところわずか二カ月ばかり、いまごろになってそんなことを痛切に思うのです。

二〇一九年一一月一三日（水）　真一文字の会

「ことしは必ず寄席に出かけます」

そんな年賀の一筆が、すっかり「そば屋の出前」となっておりました。言葉にうそはないつもりなのですが、「長屋のはッつぁん」みたいに、目先のことに右往左往しているうちに一年が暮れてしまうのです。

先週、国立演芸場で開かれた春風亭一之輔師匠の「真一文字の会」に出かけました。どうしても、年内に足を運びたかったのです。出かけないと、なにかの区切りがつかない。そんな思いがありました。

なんの区切りなのかといわれれば、そうさな……なにもありゃしない。

この前、一之輔師匠の高座を観たのはいつだったか。えっと、真打ち昇進のお披露目公演の初日、なんと六年半ほど前の春です。たしか上野の鈴本演芸場です。これから、ハイリスクのインターフェロン治療に挑むという、大切な友人を励ましたくて、あえて節目の大一番に招待したのでした。タカハシさんがあの夜を、たいそう愉しんでくれたのが、ともかくうれしかったのです。しかし、その一年後に彼は力尽きてしまいました。

この七月、急に思いたって難病指定の肺炎を患っていたヒロセさんを誘いました。古今亭志ん生、志ん朝の芸が好きだったヒロセさんの昨今のイチ押しが、一之輔師匠でした。師匠が、出演するラジオやテレビは、マメにチェックしておりましたっけ。

さいわい有楽町よみうりホールならば、そんなに遠くはありません。帰りは、かんらん舎に寄ったらさぞ喜ぶだろう。酸素ボンベは手放せなくなっていましたが、いまならば、まだ体力は持つのではないか。そう思ったのです。

チケットはとうに完売でしたが、なんとかできるアテはなくもない。

「最近どうもダメージがきいてきて、以前より難儀でして、再入院もありかなと考えまして、来週診察時に相談してみようかなと。そんなわけで、残念ですがちょっと無理かなあと――」

というのが、ヒロセさんからの返信でした。チケットを手配しようとした公演日が七月六日、ヒロセさんが急逝したのが一四日未明――です。

考えてみれば、無理だったんだよなぁ。おそすぎた、のです。

真一文字の会はたいへん盛況な独演会で、チケットがすぐに売り切れてしまう。この夜も、もちろん満席です。長らく疎遠だった客が、久方ぶりに聞いた一之輔師匠の噺をうまいとか、おもしろいとか、絶品だとか、貫禄がついたとか、まして、前よりもよくなったじゃないかなどとエラそうに申すのはたいへん僭越なことですので、そういう賛辞は一切差しひかえます。

いい夜でした。師匠、ありがとうございました。となりに座っていた故人がね、大いに笑っておりましたよ。

二〇一九年一一月二〇日（水）　このごろのこと

ぼんやりと鱗雲を眺めていたら、いきなり冬になってしまいました。

おもてに出てみると意外に寒く、厚手の上着を取りにもどるか、このまま歩きだすか――一瞬立ちどまったりします。

ぶちが毎晩、ふとんにはいってくるようになりました。

まんなかを占領するので、わたしも押しかえします。が、このとき相手は石のように重いのです。まっ、あったかくて便利ではありますが。

考えてみれば、次の春がくればぶちは一二歳になります。あとどれくらいも、一緒にいられる時間はないのかもしれません。覚悟しておかないといけないかな、とふと思うときがあります。で、ときには、寛容にふとんのまんなかを譲ってあげたりもします。

冬ならではのことです。

衣装ケースをひっくりかえし、クローゼットをのぞき、意外や自分が冬の外套をたくさん持っていることに気づきました。少ないほかの衣服に比べると、バランスが悪いといっていい。しかも、不思議なことにおさがりやら形見分けばかりで、自分で買ったものは――ひとつもないのです。

冬が苦手な人のもとに、コートが勝手に歩いてくるかのよう。

背中をまるめて家にこもっていてはいけませんよという、神さまのご意志なのかもしれません。

二〇一九年一二月四日（水）　このごろのこと

一二月になってしまった。

しずかに、うろたえております。

やっておかねばならないことを、次々と頭に浮かべて。やっておかねばならないのに、ついに手をつけられず終いになってしまったことごとをも、恐るおそる思いだし――

まずは落ちつこうと思いなおし、風呂をわかしました。

考えるうちに眠くなる。

つい、長湯が過ぎました。

本日夜、小包を取りに最寄りの郵便局に足を伸ばしました。駅から自宅の前を通り越し、荷物受けとりの締め切り時間に駆け込むことができました。いったん家のドアを開けてしまうと、腰が重くなってしまいますから。

ところが、もどってみればポストに新たな不在配達票があるのです。ため息がでました。

こういうとき、いつも思うこと。

ぶちが荷物を受けとってくれたら、どれほどたすかるか……

二〇二〇年

二〇二〇年二月三日（月）「もう、いいだろう」

年明けの忙しい大波がやっと過ぎ、今朝から五時起きをしなくともいいはずなのに、体が勝手に反応して四時ごろにはいったん目が覚めてしまいました。

カーテンの隙間に見える闇を見るともなく見て、闇の濃さが年明けごろより和らいでいるのに気づきました。

微妙に霞がかかったような暗さだな、と思いつつぶちのいびきを子守唄に二度寝しました。

もう節分です。

で、明日は立春です。

できることをできるうちにやらないと、たちまち三月の声を聞き、四月に吸い込まれることでしょう。

かんらん舎が、今月いっぱいでとうとう閉廊します。なんの因果か、最近になって昨年一〇月末にオータニさんと出かけた新宿二丁目のおかまバーのヨウちゃんが、ひっそりと旅だっていたとの報せがはいりました。画廊を閉めると初めて聞いたのは、じつはあの夜だったのです。そのとき、以前に一緒だったヒロセさんの訃報を届けると、ヨウちゃんは、まったく予言のように「人ごとじゃないわね。(人生は)あっという間。わたしだってね、いつまで(店を)できるかわからないわよ」と言ったのでした。

目に見えない節目があって、人が、店が、時代が、折り重なるように畳まれてゆく。なにかあるかもしらん、ことしは――

そんな気がします。無数の「おわり」の渦中で、なにかの「はじまり」が蠢く。いや、蠢かないといけないのだな。

経済の衰退と、対米従属に安住できた政治が混迷をはじめた時期は、ほぼ平成の三十年間に重なります。「平成」という時代は、いうなれば必然であったさまざまな「おわり」を封じ込めた、あるいは認めなかった三十年であったといえるかもしれません。その対価が、「蠢く」ものを生まなかったということです。

自然代謝を封じたゆがみは、安倍長期政権の存在そのものです。

その政権が執着する、東京オリンピックも大阪万博も、韓国や中国への憎悪も、アベノミクスも、共通している役割は眼前に迫っていた「おわり」にふたをすること。

それでも、「おわり」から目を背け続け、復活と成長の「物語」を唱え続ける限界は、どこかにあるはずです。

その限界がどこなのかはわからないけども、たとえば汽水《きすい》域のように「おわり」と「はじまり」がまじりあって、特殊な生態域を形成するような時代の転換は、望めないでしょう。破綻すべくして、破綻するよりない。わたしたち自身が、それを選択したのです。

画廊をしまうと切りだしたとき、オータニさんは「もう、いいだろう」と言いました。ヨウちゃんも、きっと「もう、いいだろう」と、どこかで思っていたはずです。

「もう、いいだろう」は、「おわり」の言葉であり、同時にだれかの「はじまり」を歓迎する言葉でもあります。身の丈を知らぬ人間は、「もう、いいだろう」を知らない。

かんらん舎の「おわり」に、なにかの意味があるとすれば、街から姿を消して表現の海の一滴となること。残骸はきっと、蠢くものをたすけるプランクトンを育むでしょう。

二〇二〇年二月二七日（木）　かんらん舎のドア

わたし自身の著作（『君は隅田川に消えたのか』）によれば、かんらん舎を初めて訪ねたのは、二〇〇九年の「春先」でした。ちょうど十一年前。藤牧義夫に関する書籍をつくりたい。藤牧版画の真贋研究について話を聞かせてもらえまいかと用件を切りだすと、あるじのオータニさんは、きっぱりと断ったのでした。全作品の検証作業が、自分の「結論」あるいは「納得」に達していない現状、「話せることがなにもない」というのです。

じつは、かんらん舎のドアを開けたのは、これが最初ではありませんでした。たぶんその一年ほど前です。

企画展の最中でしたが、ほかの見学者はおらず、あるじは奥の机に来客を迎えておりました。小さなちいさな展示室からのぞくと、その表情がほぼ正面にとらえられる。雷と達磨を足して、二で割ったような。

苦手だなぁ、こういうおやじは——

きびすをかえすと、さっきとは逆側からドアを開け、ふり向きもせずに階段を降りました。帰りの電車のなかで、案外さっぱりとあきらめがつきました。このテーマには、そもそも縁がなかったと思えたのです。

そのことを思いおこすと、あれからいまにいたるまで、書籍の仕事が終わってからも、あいかわらずその場所に通ったことが不思議でなりません。

よく覚えていることがあります。あのときオータニさんは、取材には応じられないが、検証結果（同人誌『一寸』に随時掲載）に対する疑問にならばこたえるつもりだ。こう言ったのでした。つまり、自分で公開したテクストには、責任をとろうと言うわけです。

わたしは、はげしく動揺しました。うろたえた、のです。「問う」のであれば、「こたえる」。「問う」という行為は、その人間の多くをむきだしにしてしまう恐さと表裏です。たとえそれが、自分のフィールドであっても。相手のフィールドであればなおのこと。

なにを観て、なにを問うか。

視点と姿勢が問われるのは、じつは問う側なのです。ごまかしがきかない。

が、こうもいえるのです。――ここでは――「問う」なにかさえ持っていれば、ほかにはなにもなくてよい。目的はなんであれ、ひとつの表現の前に立とうというとき、知識や経歴や肩書きなどは、一切障壁にならないのです。

かんらん舎とは、そういうところでした。ドアは、だれにもたえず開け放たれていた。ただし、ドアが開いていることに気づくかどうかは来訪者次第、なのです。奇妙な画廊です。

二〇二〇年二月二九日（土）　続 かんらん舎のドア

週に一度は、かんらん舎のドアを開けて、あるじの机の前に座っていた時期がありました。

で、書き込みと付箋だらけの手持ちの『一寸』を開き、藤牧版画の検証について、あれやこれやを質問するのです。たいてい一時間では足りない。長ければ三時間ちかくも座っていることになります。

で、納得して帰るものの、「そうなのかなぁ」と思いなおし、ときには数日後に訪ねていきました。

あるじの手による検証は、きわめて地道、かつ周到でした。わずかな資料を手がかりに、藤牧義夫の生いたち、人格、思想、技術、時代背景を掘りおこしながら、平行して、生前に発表されている作品の「かたち」と、行方不明後に同人誌仲間の手からひろがった現存作を、一枚ずつ丹念に重ね合わせて、子細な齟齬を拾いだしていくのです。

わたしが決まってひっかかるのは、そうした検証結果そのものではなく、「その事実から、なぜそのようにいえるのか」、あるいは「なぜこのようにはいえないのか」、あるいは、その当事者は「なぜそれをする必要があったのか」という推論の導きかたや動機についてなのでした。

物語をつくる人間というのは、小さな「結果」をパズルのようにはりあわせて、なにがしかの

「絵」ができないと、どうにも事実が腑に落ちてゆかない。どこかに生じる「空白」を、たとえそうと知っても（実際に文字に起こせなくとも）、それでも「空白」のままに置いておけない質《たち》なのです。だから、あるじの手で明らかにされたひとつの事実の前で、行きつもどりつをくりかえすことになるわけです。


おなじことを問う。

なんども問う。

と、あるじもなんどもこたえる。

とことんこたえる。

宿題をもらう。

やってくる。

また宿題を持ちかえる。


こんなことが二年以上も続きました。

この「教室」には、もう一点おもしろいことがありました。

わたしの来訪とは関係なしに、かんらん舎では絶えず企画展示が行われていました。ドアをくぐった正面の風景は、数カ月ごとに変わってゆく。

白壁の前にぽつねんとたたずむのは、クネーベル（Imi Knoebel）だったり、パレルモ（Blinky Palerm）だったり、田畑あきら子だったり、谷中安規《たになかあんき》だったり、無名の障がい者アートだったり、貝殻だったり、鉱石だったり、化石だったり、戦時化の発狂した書籍の束だったり、古布だったり——畢竟《ひっきょう》、ひとしきり「それ」について語る時間がある。落語のまくらのように、ときどきの展示は「授業」とセットになっているのです。

その大きな振り幅のなかで、かの気の長い授業は行われました。

「まくら」は、わたしの「知りたいこと」には関係なく、無駄なものでしかありませんでした。無駄なものを無駄のまま飲み込む意味が、ようやくわかりだすのは、だいぶあとになってです。

必要な情報をピンポイントで手にできれば、たしかに効率はいい。しかし、それはたんなる情報にしかならず、アウトプットと同時に消費されてしまう。思考のための土壌の養分として、時間をかけて分解されることがないのです。

道草を喰い、余白を持った時間と空間のなかに素材を置いて思考することこそが、オータニ教室の真骨頂だったのです。そこはまぎれもなく、画廊という名の学び場でした。

あれほどぜいたくで、濃密な時間が人生のなかであっただろうかと、いまになって思う。渦中にいるときは、つゆとも気づかなかったのだけど。

そのかんらん舎が、きょう静かに幕をおろします。あのドアはもう開かなくなるのです。

二〇二〇年三月二九日（日）　山口八九子 句と画

最近、この部屋にやってきた山口八九子《やまぐちはちくし》（一八九〇〜一九三三）の画集は、でかい。書棚には、天地をひろくとった画集だけの一角がありますが、外箱入りだと、頭がつっかえて収まらない。二重箱になっており、外形のサイズは三〇×四二センチになります。限定五〇〇部也。刊行は二〇〇八年です。いくら自費とはいえ、昨今これだけの造本には、まずお目にかからない。

でも、書をひらくと、彼の画力の前にうなずかされる。このサイズは、落とせないな、と。その八九子ですが、まず知っている人はいないでしょう。そのはずで、京都画壇の知られざる逸材は、没後七十五年にしてようやく、唯一の作品集を残したのですから。それがこの、驚くほどぜいたくな造りの『山口八九子作品集』。

作品の選定と書籍デザインや造本は、かんらん舎の大谷芳久氏、伝記と年譜、基礎データの確認作業は早稲田大学の丹尾安典氏が担当しております。

で、この画集のもうひとつの楽しみが、年表にぽつぽつと挿入されている俳句なのです。

うらゝさに鉛筆の心を尖らしたり

森の木の落葉して君の家明るし
松の木に子猫かけ上り三日月

この人の絵は、句と一対で味わうと、なんともおもしろいことか。

と思い、画集の刊行を人生最後のつとめとした娘・由李子さん（故人）の「刊行にあたって」に目を通したら、こんな一節がありました。

「健康にめぐまれぬ父ではありましたが、晩年にいたるまで、たゆむことなく句作と画作には、いのちをそそぎつづけました。俳句と絵の両輪があったからこそ、父は「生」という道程をなんとかたどってゆくことができたのだろうと推察いたしております」


八九子は、ふたつの道に精進しました。それは「両輪」であり、表裏なのです。

二芸に通じた表現者は、八九子ばかりではありません。河鍋暁斎《かわなべきょうさい》も、幼少より習った能は堪能でした。古田織部《ふるたおりべ》亡きあとに数奇者《すきしゃ》の第一人者となった小堀遠州《こぼりえんしゅう》は、数々の庭園と茶室を作り建築デザインに力を発揮しましたし、富岡鉄斎《とみおかてっさい》は、多くの篆刻《てんこく》を自分で手がけました。自彫の落款デザインで、一冊をつくったほど。

一芸に秀でる者はもうひとつの技を持つ、というのはふるきよき芸道のならいです。それは決して、多芸となるためではない。

表現の「ゆとり」とか「あそび」、武道でいう力のぬき加減といった感覚を、昔の人たちは、ふたつの道を行き来することで身につけていったのでしょう。

いまでも、噺家さんなんかは、つとめて習いごとに精だすよね。たしか春風亭一之輔師匠は踊りの稽古に通っておりましたし、その師である一朝師匠も雅楽（横笛だったと記憶しておりますが）の名人だったはず。

八九子の句も、画業あってこそかように冴えたのだといっていい。選を迷いますが、次のふたつも捨てがたいのです。

麦秋煙る辻に訪はんとす君に会ふ
牡丹描かんとする筆の穂の太さ

年表の昭和八（一九三三）年のところに「初夏、胃腸を病む」「十月二日、死去」とあります。ここに添えられた句もじつにいいのです。

鳴く虫に送られてゆく鳴く虫に

二〇二〇年四月五日（日）　マスクと竹槍

新型コロナウィルスの拡散防止対策を連日協議している日本政府が、最初期に打ちだしたアイデアを、わたしたちは安易に忘れるべきではないでしょう。全国民に「和牛券」と「お魚券」を配っちゃおう、です。

まさかね、とだれもが思ったはずです。

打撃を受けた生産者への救済処置だということらしい。ついでながら、「メロン券」と「マグロ券」というのも（大まじめに）議論の俎上に上がったようです。

もっと驚愕させられたのは、外食や旅行代金の助成です。

いわゆる「和牛券」やら旅行の助成案をメディアが報じだしたのは、三月二〇日過ぎ。人の移動をどのように規制していくかが、喫緊の課題になっていた時期ですね。すでにイタリア、スペインの医療現場が破綻し、欧州の一部で都市封鎖がはじまっていました。いったい安倍政権の、この陽気な発想はどこからくるのでしょうか。

二転三転したすえに安倍さん（総理大臣だよ）が決断したのは、各家庭へのマスク二枚の配布、でした。

日々、猫の目のように変わる政府の対策協議ですが、もうすこし長い目で見ると、気づかされることがあります。ある意味、彼らの考え方は一貫しているのです。ぶれていない。

彼らがまず最初にやろうとしたのは、ウィルスの拡散をどう遅らせるかではなく、消費の振興という景気対策であったこと。どさくさにまぎれて、利害関係にある特定団体に大きなお金を落とそうとしたことです。

景気至上路線という意味では、アベノミクスの延長ともいえます。驚くべきことに。ついでながら、いま検討中の休業補償の対象から風俗業は除外する方針はかなり固そう。これも一貫している彼らの考えかたです。人を選別し、分断する。生活と生命を救済することにおいて、救済に値しない「非国民」を名指ししたようなものです。

いわゆる「アベノマスク」が大々的に発表されたとき、わたしがとっさに思いついたのは、「竹槍」でした。

あぁそうか、ここは竹槍の国だった。

二〇二〇年四月八日（水）「ていねいな説明」要旨

特別措置法第三二条に基づく「緊急事態宣言」を発令する昨夜の記者会見では、安倍総理が持ち前の「ていねいな説明」を心がけてくださいました。いち国民としてきちんと理解しようと、質疑内容も含めてわたしなりに要約してみました。

「状況を見るかぎり、新型コロナウィルスは、わが国においては中国や欧米諸国ほどの驚異とはなっていません。したがって、国は強制力をともなう移動制限はいたしません。行動を自粛してみなさんの努力で感染拡大を防いでください。あくまでも要請ですから、生じる結果もみなさま次第。もし、自粛によってみなさまの生活が苦しくなったとしても、政府が支える責任もございませんからね。そこ、ヨロシク」

ほんとうにすごいなこの内閣は、と感心した部分は多々あるのですが、ことに驚かされたのは、「人と人の接触機会を最低七割、極力八割削減することができれば、二週間後には感染者の増加をピークアウトさせ、減少に転じさせることができる」

との前向きな見解でした。

安倍さんがさらりと「すべてはみなさんの行動にかかっています」とおっしゃったのを、覚えておりますでしょうか。ようするに、パンデミックと医療崩壊、増す一方の生活負担を自分たちでどうにかしてくださいと、力強く公言したのです。

あの会見のもっとも確実な成果は、じつは国と国民との間で「自己責任」を了解（政府はしたと思っている）し合ったことなのです。

そのメッセージを、中継で会見を見守ったどれほどの人が受けとったでしょうか。

二〇二〇年四月一三日（月）　このごろのこと

雨の音を聴きながら、一日家におりました。

そんなに悪くない。

数年分の年間スケジュール帳を片づけだしたら、けっこう奇妙なメモやイラストがあり、つい手がとまりました。思いだすものもあれば、記憶もなく意味がわからないものもあります。判読不能な文字もままある。必要だと思われるものは、スキャンして整頓しました。朝から半日かかりました。

三年も前の手帳に、

「父親の車の助手席に乗って、長野市の北に向かっている。なにも話さない。なにをしに行くのかもわからない。夢に出てきたのは初めて」

という書きつけがあった。

父が世を去って八年も、わたしは父の夢を見ていなかったことになる。そういえば、葬式でも一粒も涙を流していない。

親子の関係だけでいえば、時間がとまっている。精神的に決別したその瞬間は、たぶんわたしがまだ少年のころ。

以前にも書いたかもしれない。

やみそうにない雨のときは、案外気持ちが落ちつきます。なぜか、とんと忘れていたことが思いだされたりする。

小学校から高校までよく遊んだ唯一の友人は、霊的なものが見える体質でした。

最近、ずっとへんなおじさんが枕元にでて、しゃがみ込んでいる。そんなことを急に言うのです。

「だれ？」

「知るかよ」

なにをしているのかと訊くと、寝ている彼を見たり、あたりのごみを掃除したりしている、と。

いつもは外の池をのぞき込んでいるのに、ときどき部屋のなかまではいってくるのだと、弱り顔で話していました。

「いいよなおまえは、なにも見えないんだろ」

「見えないんじゃなくて、いなんじゃないか、おれのまわりには」

「ばかいえ、そのへんにごろごろいるよ」

今日のような、じとじとした雨の日は多いそう。

そういえば彼と久しぶりに会ったのは、父の通夜の夜でした。ひょっこりとあらわれて、昔のようにひとしきりしゃべって、帰っていったのです。彼自身が妖怪のような気がしないでもない。

それっきり、連絡もない。こっちもしていないが。

そういえばあの日、父の遺体と対面したときも、わたしはとり乱すこともなく、人ごとのようにそれを見ていました。

二〇二〇年四月一六日（木）　このごろのこと

友人が逝ってしまって、今日で七年です。

十五歳年上の友であり、父のような人でした。

あの朝を、いまも思いだします。最後の呼吸を見とどけて病室の窓を全開にすると、雲ひとつなく透きとおった空がひろがり、みるみる明るくなってゆきましたっけ。

洒落ものだった彼の希望どおり、スーツを着せて自宅につれて帰りました。

もっとも多く話をしたのが、亡くなる三年ほど前からでした。彼は砕けた話でも決して乱雑にならず、現実に起こっていること、起きるであろうことへの考察を、じつにていねいに整然と言語化するのでした。

政権交代を果たした民主党政権が機能不全となったところに東日本大震災と原発事故が起こり、

ほどなく安倍自民党が総選挙で大勝利をおさめる。そんな時期でした。

待ち合わせは新宿が多かったけれども、ＰＣの前に座ってオンラインの通話機能をつかって意見を交換することもよくやりました。話しだすと二時間はあっという間です。

そのころ彼は、貨幣と社会システムいうものを深く考えていて、シルビオ・ゲゼルの『自然的経済秩序』に出会って以降、デカルト、カント、ルソーといったところを読みふけっておりました。

現実に深い失望を覚えながらも、彼と話していると、どんな根拠がなくともどうにか生きていけそうな気がしてくるのでした。

いま思えば、わたしはずいぶん守られていたのだと思う（過保護なぐらい）。彼がいるだけで、あんなに安心していられたのだから。

娘さんが電話をくれました。

「お父さんといつも、なに話してたん？」

「なんてことないんだけど」

「なんてことないのに、あんなに長く話してたん？」

「なんてことないけど、大事なことかな」

「なんやそれ。そういうとこ、お父さんみたいやな」

二〇二〇年五月一日（金）　このごろのこと

よく晴れました。

緊急事態宣言という現実が、どこかうそのよう。

絵空ごとのなかに、はまってしまったようです。

どうせ絵空ごとならば、逝ってしまったあの人たちが帰ってきてくれないかなと思ったりする。

「よう、久しぶり」なんて言って。


ぶちにお願いしたいこと、三つ。
・度をこした朝寝坊
・ふてぶてしいたぬき寝入り
・明らかな聞こえないフリ

先日、一一歳になる犬を連れたご婦人が、ぼやいておりました。

「このごろは、見えない、聞こえないで、呼んでも反応しないこともあって……」

そういえばぶちも一二歳、いたしかたないかと思ったけど――そうじゃないなぁ。だって、子どものころからまったく変わっていないもの。

二〇二〇年五月二日（土）　かれらの声

亡くなった人たちの言葉を、ふと思いだします。

七年前に逝ったタカハシさんは、なにかの拍子に「緒《お》」という字が好きなのだと言っておりましたっけ。娘三人の名前には、緒がついているそう。

若いころは気が短くて、仕事ができない人間が許せなかった。いかんせん、なんでも自分でやることになる。でも、ひとりでできることには限界がある。歳をとってから、ようやくお願いすること、まかせることを覚えたと言いました。お願いすることは、辛抱だとも。

「堪忍袋の緒が切れても切れても、つくろうんだ。なんどでも結びなおす。いまじゃ毎日、緒をつくろってるよ」

と笑いました。

そうやって彼は、こらえしょうのないわたしを暗に諭していたのです。

「緒」は、たましいをつなぎとめるもの。あの声を思いだして、辞書を引いたのはごく最近です。

昨年の夏に逝ったヒロセさんは、親交が深かった漫画家の永島慎二《ながしましんじ》さんのことを、よく話してくれました。永島さんの自宅近く、たびたび一緒に訪れたというそのそば屋にわたしを連れてくると、卵焼なんかをつつきながら日本酒の升をかたむけ、必ずその話になったものです

漫画人気が軌道に乗って出版界の主流になるにつれ、草創期の業界に聞こえた永島作品は行き場をなくしていきました。爆発的にふくれあがった読者の嗜好は、当然様変わりしています。大衆ウケしない作品を、いつまでも身を削るようにして書く意味を、晩年の永島さんはこう語ったそうです。

「もうぼくの時代じゃないんです。多くの読者がいないのは知っています。でもねヒロセさん、作品を描くってことは、ここにいないだれかに向かって一通の手紙を書くことなんです」

言い含めるようなヒロセさんの声が、いまでもよみがえります。あの言葉は、ヒロセさんにとって、だれかにわたすべきバトンだったのでしょう。

二〇二〇年五月九日（土）　全体の外にあるもの

毎朝走るコースから学校の校舎らしきものが見えます。校舎に「またみんなで遊ぼうね」と大書された幕のようなものが掲げられている。

コロナウィルスの影響で、学期末の授業や卒業のセレモニーができないまま校舎が閉鎖された

ままです。学校の再開、仲間との再会をのぞむメッセージなのでしょう。

これというわけもないのですが、わたしはそのメッセージからはみでている子のことを、まいど想像してしまうのです。みんなで遊ぶとき、はじかれてしまう子。できれば、みんなに会いたくない子。教室が地獄である子。ひとりでいるのが気楽な子。

テレビのニュースがコロナ禍の休校を報じるとき、インタビューに応じる生徒のコメントはひな形のようです。映像には映らない取材者の問いにすなおにうなずき「みんなと会えなくて、さびしい。早く友だちと会いたい」とこたえたりします（欲しかった「こたえ」が抽出されますから）。きっとそうなんでしょう、その子にとっての学校は。

けれども、とわたしは思ってしまう。友だちがいない子は、この質問にどうこたえたらいいんだろう、か。

友だちがたくさんいる。学校が好き。そんな、大人にとってあるべき子どもの姿が、こういう報道のベースになっています。

ここでも、つい考えてしまうことがあります。

そういったニュースに接した大人の何割が、報じることからもれる存在を、一瞬でも意識するであろうか、と。

たぶん、その割合が多い社会ほど、「大人」が多いのだと思う。大人が多いということは、それそれが個を持ち、それぞれが個に寛容だということです。コロナ禍のなかで、しばしばこの「寛容」の必要がいわれます。が、それはお上に黙って従い、異議を押し殺すことではありません。「従順」や「辛抱」とはちがう。

多様な言論が起こらないところに、寛容はありません。

二〇二〇年五月三〇日(土)　分断の日常化

だれかと話しても、社会学や経済学の専門家の寄稿に目を通しても「コロナ後」の社会について、明るい見通しを持つ人はまずいません。

先行き不安もあってか、いよいよ社会の分断が激しくなってきたなと感じています。

昨今のブルーインパルスの東京上空飛行も、分断をあらわにしたできごとでした。アベノマスクのときと同様、「なぜすなおに感謝できないんだ」といった声は予想していたのですが、思った以上に多いですね、こういうの。

賛否は当然、あっていいのです。

わたしは単純に、なぜこれがコロナ禍の危機対応なのかを知りたいだけなのです。

政府はそもそも、首都上空に戦闘機を飛ばすことが、なぜ医療関係者に感謝を示すことなのかを説明してくれませんでした。

そうしない理由は、察しがつきます。

安倍政権は、一定数の人々が感情的に歓喜してくれること、またその層を安定的な「顧客」とする電波メディアが格好の映像情報を発信してくれることを熟知しているからです。

ひっくりかえせば、意味を理解できない人々に対しては、一貫して説明する気などないのです。

安倍政権のきわめて特徴的な姿勢ですが、彼らはこれまでも意図して人々の分断を煽ってきました。優遇する人、そうでない人の線引きにより、支持層をより明らかにしました。数の論理でいえば、支持層の先鋭化は、彼らの基盤を強化しました。

わたしが昨今もっとも危険を感じることは、分断が日常化して、「耳をかたむける」と「問う」という、きわめてまっとうな人としての資質が、省みられなくなっていくことです。対話をこばむ社会は、おのずと暴力や監視を肯定するようになっていきます。

二〇二〇年六月一六日（火）「夜の街」が悪い

コロナ禍は、社会を分断するだろうといいます。

そうかもしれない。が、わたしは少しちがうとも思っています。

コロナ禍が社会を分断するのでなく、コロナ禍によって分断が明らかになるのだと。

「若いやつらが好き勝手に出歩くから状況はちっともよくなっていかないじゃないか。コロナに罹るやつらは、ふらふら夜の街で遊んでる連中だけだ！」

注文の弁当を待つ間、インド料理屋の客席でこんな話し声を耳にしました。感染者のニュースで強調される「夜の街」悪人説を、そっくりなぞっているのでしょう。

ちがう言いかたをすれば、コロナに感染するのは、社会的責任に乏しく自制心のない者ばかりということ、です。

つまりこの現状は、正しい市民である自分たちが、そうでない一部の愚か者の煽りを食って損を強いられている——わけです。

感染者をさげすみ差別する一線が、もうここにしっかりと引かれているのです。たいへん、恐ろしいことに。

でも、「夜の街で遊んでいる連中だけ」が罹患しているというのは、たぶん彼らの願望です。そして、不安と不満を膨張させた人々の。さらには、さかんにこれを宣伝する自治体や国の。ほんとにそうならば「夜の街」を一気に吹き飛ばしてしまえば、コロナ禍はたちまちおさまってしまうでしょう。

たぶん、そうはならない。ウィルスは、そんなに都合のいい忖度はしないでしょ。

二〇二〇年六月二一日（日）　企画書のようなもの

ずいぶん久しぶりに、書籍のための企画書を書きました。

ただしくは、描きたいことの概要がかろうじてわかる「企画書のようなもの」です。そこには、「狙い」も、想定の読者数も読者層も、販売戦略も、商品単価やら利益率も記されていません。

担当編集者は、電話でこんな言いかたをしましたっけ。

「レジュメのようなものでもいいです。とりあえず、欲しいんです」

戦略至上の世のなかでは、稀なやりとりといっていい。ガラパゴスであり、化石であり、そろそろこういうことも、通用しなくなるかも。

一般の商品開発や新規事業の企画書ならば、必須事項をおさえた「フォーマット」に則っていないと、突っかえされてしまうところでしょう。

昨年末だったか、大手版元の知人がくれたメールに、出版企画の編集会議では「あるていどの売れ行きの目算がたつもの」でなかったら、「数秒でボツ」になるとありました。昨今は、企画段階から「販売主導」という雰囲気なのだそうです。

これを読んだとき、思ったものでした。もしこれから自分がこの版元に声をかけるときは、売れる「根拠」を表明しないといけないのだな。でも、そんなものは、どこをしぼっても出てきそうもない……

　クラウドファンディングなどを推奨し「ブランド戦略」を売るという企画会社の知人は、投資の資金集めもひっくるめ「売れないものなどひとつとしてない」ときっぱり言います（すごく歯切れがいい）。売れるものと売れないもの、仕事のある企業と仕事が減る企業の差は、柔軟にネットを活用して、顧客開拓できるかどうか、それだけだと。

　なるほど。ネットがつなぐマーケットの可能性は無限かもしれません。しかし、それにも、「売るもの（こと）」個別の事情がすくなからず反映されるはずです。そういう差異に一切ふれない、可能性一辺倒の主張の仕方そのものに、わたしはついひっかかりを覚えてしまう。

「でもさ、ひろくたくさん売れないものって、やっぱりあるでしょ」

「いえありませんよ」

「じゃ、ぼくの詩集なんかもじゃんじゃん売れちゃうの？」

「コマムラさん次第ですよ」

　禅問答のような、あるいは宗教論争のような。つまるところ、信じない者は救われない、のですな。

二〇二〇年七月一日（水）「日本モデルの力」

暗くなるころから激しくなった雨と風の音を聴いています。

ただ聴いています。

ラジオをつけようとも、音楽を聴こうとも思わない。

取材に関する大事な手紙を書かないといけないなと思いつつ、書く気も起きない。

台湾について考えています。近代日本が、最初の対外戦争をしかけ、もぎとった植民地についてこれが、大日本帝国の「それから」を決定的にしたといっていい。

植民地を手にした帝国は、さらなる植民地を求めるために戦争をしかけ、そしてその必然としてつくった「敵」から植民地を死守することを運命づけられる。敵は、そこで暮らしていた人々であり、周辺の国々です。抵抗運動を軍事力で徹底弾圧する。その支配を容認しない国々との敵対関係は、引くに引けないものとなります。

植民地帝国の「仕上げ」に打ち込んだ楔《くさび》が、かの満州事変です。言わずと知れた、日中戦争へと続く十五年戦争の「入り口」です。

満州事変に行きつくまでに、はたしてどれだけの「ばんざい」と、快哉があっただろうか。

雨の音を聴きつつ、ふと思う。

にぎやかな提灯行列の光の渦を、ふと思う。

無数の「ニッポンすごい！」が、植民地帝国の民意であり、原動力だったはずです。

二〇二〇年の五月のこと。自国のウィルス対策のすばらしさを讃え、全国民と世界に向かってほこらしげに胸を張る政治家がおりました。

「日本ならではのやりかたで、わずか一カ月半で今回の流行をほぼ収束できた。まさに、日本モデルの力を示した」

緊急事態宣言を解除するにあたり会見を開いた総理大臣の言葉は、九十年あまりも前の植民地帝国に満ちていた「ニッポンすごい！」と、さして変わらない、じつに無邪気なものでした。

二〇二〇年七月五日（日）　このごろのこと

どうでもいい言葉に、ひっかかります。

だいぶまえでしたが、「数寄」という言葉が妙におもしろく思えた時期がありました。風流文雅を好むという意味から、しだいに茶の湯を好むことに変わっていきました。日本の美意識に関わる、ちょっと詫びた、かつ高尚な響きにことさら親しもうとしたのは、まさにその素養にまったく欠けるからなのです。いわばコンプレックス。

昨今、しみじみ敬愛するのは「襤褸《ぼろ》」とか「雑魚《ざこ》」、「紙魚《しみ》」。「ぼろっちい」とか、「ざこキャラ」、「しみったれた」といったほうが、きっとなじみがありますね。でもなぜか、ぼろは響きが優雅です。ざこもまた語感が、こざっぱりしている。しみは当て字が、ふるっています。

辻まことは、身内の居酒屋を「雑魚亭」と命名しましたが、このセンス、わりと好きです。余談ながら、だれが呼びはじめたものか「ぼろ市」とか「蚤の市」というのも、なかなか味があります。なんだかいい。マイナスイメージの「ぼろ」や「のみ」を逆手にとる茶めっ気に、すこしの自虐と暮らしの遊びのようなもの、あえていえばささやかな余裕を感じるのです。愛すべき言葉。

二〇二〇年七月一四日（火）　あの日から

朝方の雨がやんで、曇り空です。

去年のこの日も、雨模様でしたね。

急にいなくなってしまって、もう一年ですか。

なにしておりますか。

さみしいとは言いたくないのですが、やっぱりさみしいです。

たまには連絡をください。

どうでもいいこと、どうでもいいお知らせなんか書いて、せっせとメールをくれたじゃないですか。

ときどき返信がとどこおったこと、後悔しています。

そういえば、書籍の仕事が終わっても、あいかわらずかんらん舎に出かけているわたしに、あらたまって「ほんと、ありがとう!」と言ったことがありました。つい目が泳ぎそうになりましたよ。だれが、だれに、なんの「ありがとう」なのか、よくわからない。そういう「ありがとう」、ときどきありましたね。

だれかに代わって、だれにでも「ありがとう!」って。

新橋で大酒を飲んだ日。

約束していた掛け軸サイズの絵を、わたしが一〇枚ばかり持っていきましたね。欲しいという見知らぬ客に一枚あげたら、ほかの人ものぞきに来て、たちまちなくなりましたっけ。でも、大切な友人の供養に描いた弥勒菩薩だけは手元に残したはずでした。

あまり愉しく飲んだので、その一枚も気がつけば、どこかにいってしまいました。

一年ほど後、お店のどこかにあったその一枚をあなたがとどけてくれました。

「だめじゃない、こういうものはちゃんと持っていないと」

ていねいに包装紙で包んでくれておりました。夏の暑い日でした。で、ウナギの串焼き専門だという駅前の珍しい居酒屋で、薄暗くなるまでひとしきり飲みました。すでに咳はひどくなっていましたね。

でも、あれが最後の酒宴になるとは、思いもしませんでした。その秋には、容易に出かけられない状態でしたものね。

一年のうちに、供養のために一枚描こうと思ったのですが、いまだ描けていません。でも、もう描くものはわかっているんです。いい紙がありますので、もう少し暑くなったら、天気のいい日に墨を摺ります。

で、その紙に、気持ちよく墨と水を流してあげるつもり。

駒村吉重拝

二〇二〇年七月一七日（金）　あの日から

若いときから詩に親しんだあなたから、詩の話をされたことは、一度や二度ではありませんでしたね。あるとき、詩集つくろうかな……

と口にしたら、「いいよいいよ、ぜったいいいよ」と言ってくれました。

そのあとで、「こまさんの詩、どんなのか知らないけどさ」と。肝心なところには、まったく頓着していないようすでした。

そこが、らしいのだけどね。

とはいえ、詩の世界にはまったく無縁のわたしでした。版元も知らなければ、詩誌をやっている仲間一人とていない。自費でつくる資金とてない。一年ほども右往左往して、一歩も前に進めませんでした。

でもあなたは、けっこう自信ありげに言いました。「ぜったいできるよぉ」。そのうちに、人をたぐって詩稿を読んでくれる協力者をさがしだしてきました。そのひとを経由した詩稿は、ある版元に回ります（三社目です）。翌日、電話が鳴りました。「詩集、つくりましょうよ。うちでやりますよ」という快諾の一報でした。うそのようです。

半信半疑のまま、あなたに報告をすると、自分のことのように喜んでくれましたね。

「ほらね、ぜったい大丈夫なんだから！」

こう語ると、まあありがちな話にも思えますよね。

でも思いかえすほどに奇妙なのは、書籍ができるまで、ついぞあなたがわたしの詩を目にしなかったこと。詩稿を読ませてくれとも、言ったことがありませんでしたね。そのときは気にもしませんでしたが、よくよく考えれば奇妙を通り越し、奇っ怪ですらあります。「一篇の詩も読んでいないあなたが、なにを根拠に、どうして他人に「ぼくの知人の詩を読んでください」などと頼めたのか。

そういうことが、案外ふつうにできてしまう。それが、あなたでした。

あなたという人の言いがたい不思議さに、わたしと、あの一冊に詰まった五三篇の詩は生かしてもらったのです。

ですから、詩集『おぎにり』は、いまでもあなたからの贈りものだと思っています。

二〇二〇年七月一八日（土）　あの日から

ちょうど一年になるという夜、オータニさんがメールをくれました。

「ヒロセが逝ってから一年か。

早いなあ。あれからいろいろなことがありすぎました」

もちろん、あの日を忘れてはおりません。

もし銀河鉄道があるならば——

わたしはきっと、駅のホームに立つでしょう。あなたとおなじ車両に乗るつもり。で、生者が同行できる最後の駅で降り、大きな声で、力いっぱい手をふって、ありがとうと言いたいのです。ほんとうに、ありがとうと。

一年前の夕方、銭湯を出るときに気づいた集中治療室からのメールに、わたしはすぐに返信をしませんでした。まさかその夜に、遠くに行ってしまうとは夢にも思わなかったものですから……

いまでも心残りです。

早いようで、長い一年でもありました。

あなたが親しんだオータニさんの「かんらん舎」は、もうありません。報告せずとも、きっと知っているでしょう。最後の日、画廊に来ないなずはないでしょうから。ドアを閉めて、オータニさんと泡盛の杯をひと口で飲み干したとき、あの机の前にあなたもいたはずです。

そちらには、大好きだった永島慎二さんがおりますから、日々元気に動き回っているのではないかと思います。彼のために、なにかしたいと気をもんでおりますね、きっと。毎日会って、いろいろな話をしておりますね。

いまだれかが、そっちに行ったら気苦労が増えるでしょうから、まだこちらにいるとします。目下、形にしないといけない書籍が二冊、構想中の詩集が一冊、児童書が一冊。ほんとうに仕上がるか正直どれも自信がないけれど、これを全部やってからとなると、少なくともあと五年はここを離れられません。

そっちに行くときは、新しい書籍を持っていきます。それがわたしの、あなたへの精いっぱいのありがとうです。

二〇二〇年七月二六日（日）「害虫」は虫

農作物を食い荒らす「害虫」は、人間的視点での呼び方であって、自然の側に立つならば、たんなる「虫」でしかない。

「それは人間がエサを与えて育てているのです」

京都大学の瀬戸口明久准教授が、オンライン公開講義『「災害」の環境史』のなかでおっしゃったこと。農業を続けるかぎり、害虫はいなくはならない。


ヒトの生命をおびやかす感染症も、おなじです。そもそも、強い感染力を持つウィルスは、動物、主として家畜が保有していたものです。

それが、毒性を帯びて深刻な集団感染を引き起こすのには、重要な要件があります。人口が緻密であること。家畜（自然）との境界が取りはらわれたこと。

大規模なウィルス感染は、ヒトがみずからの生活圏を拡張して、大いに繁殖することに内在するリスクです。

こうもいえます。人類が、食物の自給（栽培と牧畜）を発明しなければ、害虫もウィルスも生活のなかに抱え込むことはなかったと。

安倍さんは「人類がコロナとの戦いに勝利した証」として、延期になった東京オリンピックを実現させたいとの強い決意を表明しております。

でもね、ウィルスは人工空間の内部に常にあるもので、襲来してくるものではありません。よって、戦うことは不可能です。もっといえば、戦う相手としては存在していません。

かりにこれが戦争だとしたら、もうこの国はすでに負けています。covid－19がなにものかを、指導者が知らない。未知のものであれば、なにがわかっていて、なにがわかっていないのかを知ろうとしていません。

数日前、「コロナに負けるな！」とばかりに政府主導の「GoToキャンペーン」が強行されました。

オリンピックも「GoTo」も、いわば出口のない前進あるのみの戦略に見えます。多額の国家予算を突っ込む意義を問わず、敢行することが目的化している国家の盲目ぶりを強く批判する大手メディアは、知るかぎりありませんでした。もはや「特攻」です。目をつむって、みんなで突っ込みますか？

二〇二〇年八月二日（日）　黒ビール

太陽がでて、セミが鳴きだしました。

おそい夏がやっときた、のか。

一杯のビールを飲むとき、なにをテーブルに添えるか。

わたしにとってこの問題は、一年を通じて切実です。できるならば、冬なら冬らしく、春なら春らしく。

昨今好きなのは、カレーパンとシュウマイ。

どこぞで評判のいいカレーパンを見かけたときは、帰りにビールも欲しくなる。

ふいに黒ビールが飲みたくなります。

若いときはなんでもよかったけど、歳をとってからそんなことが増えました。少し早い時間、家で一杯をゆっくり味わいたいとき。

と、かならず想う詩があります。

どこかに美しい村はないか
一日の仕事の終りには一杯の黒麦酒

鍬を立てかけ　籠を置き
男も女も大きなジョッキをかたむける

茨木《いばらぎ》のり子の「6月」の冒頭。この書きだしを口ずさむと、黒ビールはさらにおいしい。「大きなジョッキをかたむける」のが、「男も女も」というところに、彼女の美しい風景、社会観がさりげなく置かれている。

料理ノートにレシピを残し、一食をていねいにつくっていたことでも知られています。きっと彼女も一日の終わり、ビールのともになにをつくるか、ゆるゆると考えたことでしょう。

そういえば、沿線はちがうけど、ここからそう遠くないところに彼女のすてきな自宅があったことを思いだしました。

図書館で、『別冊太陽』茨木のり子特集号を見つけて、借りてくる。

もちろん寄り道して、黒ビールも買ってきました。

二〇二〇年九月五日（土）「自助、共助、公助」

「自助、共助、公助」

京大人社未来形発信ユニットのオンライン講座、山本博之准教授による「メディアとコミュニティー」の初回授業で教えられたこと。阪神淡路大震災での救助状況の分析です。自助は、瓦礫のなかからの自力脱出のこと。共助は、家族や隣人による救出。公助は、消防の救急隊や自衛隊による救助。先頭から順に、三五パーセント、三二パーセント、二パーセントの割合だったといいます。

街が壊滅して道路が絶たれた状態では、共助ができることは意外と限られる。

山本准教授は、これに「外助」、つまり通行人らが手を貸したケースの二パーセントをつけ足している。着目させたかったのはここで、コロナ後の社会がどう変化しうるかの話のなかで、「外助」というもうひとつの可能性を示唆したのでした。

つまり「外助」の存在は、地縁血縁や損得や利害、あるいは社会的対立といった事情をぬきに、こまっている人に、どこからともなく声がかかる社会のありよう。裏がえせば、こまったら通りすがりの人にだって頼っていいのです。

次期総理への就任が濃厚だという菅官房長官が、自民党総裁選への出馬を決めてメディアに述べた政治信条。これが偶然に「自助・共助・公助」でした。

菅さんは、緊急時の救助や脱出を念頭にこれを言ったのではありません。平時の社会秩序の、あるべきモデルです。

自分でなんとかせよ。足りなければ家族や近所を頼れ。自治体や政府は、最後の砦である。もっとあけすけに言えば、安易に政府を頼るな、となります。

驚きました。これを平然と国民に求めることに。

そして、驚かないメディアに。

国民は、国家の奴隷ではないのです。

政府が「自助」を要請する社会とは、どんなものでしょう。公的セイフティーネットをアテにできないのですから、失敗や離脱は生命の危機に直結します。他人も頼れない。

となると、なにかの事情で自立が難しい人は、家族や近所の「お荷物」にならざるをえません。内と、おのずと共助の力はふた方向に働きます。一方は、血縁や利害関係者の囲い込みや保護。内輪主義です。反作用として、お荷物になるかもしれない人物への監視。監視社会では、排外的な考えかたが加速、暴走します。

この非寛容の圧力を、統治の原動力とする。そういう政府を、目指すということなのですね。

二〇二〇年九月二〇日（日）　湯屋の時間

とりあえずポテサラとみそ汁をこしらえておいて、日が落ちるまえに湯屋の暖簾をくぐりました。

〈あとは帰ってから。ブタのショウガ焼きでもつくるか〉

入り母屋造りの一軒家は、脱衣所もひろく、ジャグジーバスがあり、露天風呂があり、しかも男湯と女湯が、週ごとに入れ替わる。

湯に浸《つ》かるうち、ぱっと室内に明かりが灯りました。

昼と夜のスイッチが切り替わるあいまいな時間帯を、湯屋はこうやって告げてくれます。陽射しが薄らいであたりが暗くなるまでの速度は、季節の目安でもあります。

窓の外がたちまち暗くなって、ひとり帰り、ふたり帰り。風呂場が閑散となりました。

急に騒がしくなったと思ったら、脱衣所に子ども三人を連れた若い父ちゃんの姿が見える。子どもたちは、脱衣所を走る、走る。手足をばたつかせて跳ねたり、大笑いしたり。

エネルギーがあまっているから、無駄な動きが多い。

歳をとるにつれ、人は持てるエネルギーと、時間の有限を思い知ることになります。よけいな動きをしなくなり、できなくなり――、次第に合理的にふるまうようになる。若さとは、たくさんの無駄の量のことかもしれない。

と思えば、目的やら、行為の有効性なんかとはぜんぜん縁のない「無駄」というものが、じつに贅沢でかけがえのないものに見えてきます。無謀という言葉すら、どこか愛すべきものに見えてしまう。

思うに湯屋は、四七〇円（東京都。現在は四八〇円）で行ける街のテーマパークなんでしょう。どんなテーマ設定があるのかといえば、（矛盾しているけど）「日常」。そこは、日常のとなりの日常で、暖簾の内では、引きずってきたほうの日常を、ぽんと脱衣ボックスに放り込んでしまえる。

裸になると、暖簾の外とはちがう時間が流れだす。

そりゃ、子どもならはしゃぐわけだよな。

二〇二〇年九月二二日（火）　長い目

長い目で考えることを、すっかり忘れてしまっている

ふいにそんなことを思いました。

可視化できないｃｏｖｉｄ－19をどう扱うか手をこまねいた末、内閣は、気分に訴える経済優先に舵を切りました。政策の善し悪し以前のこととして、「わかっていないこと」に対してどのような判断をくだすかの指標、根拠というものをみごとになぎ倒した格好です。決定の透明性を、放棄したともいえます。しかし、もはやわたしたちはこれを、「空洞」とも「リスク」とも感じずらくなっています。

このような状態で、ふいに政権交代が起きました。そんな国、ほかにありません。ところがメディアは、「このような状態」などなかったかのように、新政権を祝福する報道を、あたりまえのごとくくりかえしました。

まるで、なにかが刷新されて、新しいことでもはじまるかのようです。

今日明日の尺度しか持っていないと、起きていることの意味をはかることができません。権力側にとって、これはたいへん都合のいい状態です。

「いま」をどう見せるかで、過去のことも、未来のことも、感情のなかに吸収してしまえるから。喜ばせたり、特定の敵を憎ませておけば、だれも本質的な問題には思いがいたらないから。

新政権の支持率アップに愕然とさせられた本当の理由は、政権への失望ではなく、つまるところ「わたしたち」自身への失望なのでした。

二〇二〇年一〇月二二日（木）　このごろのこと

目先のことばかり考えているのは、しんどい。目が近すぎて、遠くを見つめることを忘れてしまう。視界が失われたことすら、気づかずにいます。

でも、遠くを見つめていると、どうしても目先のことがおろそかになる。ときには、そこにある「機会」を、うっかり見落としてしまったり。

損をしたくなければ、やっぱり目先の景色ばかりに目を寄せることになります。

近くのものを凝視する。目を上げて、遠くのものを見つめる。ありのままと、把握しきれないものの間に、想像の余地が生まれます。そういうとき、なんともいえないおもしろさを発見するものです。自分にしかわからない価値って、想像の落とし物なんです。

損得の物差ししか知らないと、そんなハプニングには遭遇しません。

Ｗｅｂをはしごするうち、ときどき我を忘れます。というか、「わたし」が無制限にふくれ、飽和した結果、「わたし」を見失う。

Ｗｅｂ空間では、自分がどこにいるのか、なにものなのかをだれにも問われず、自分もまた人に問うたりしません。

裏がえせば、自分自身に問うことを放棄していられるわけです。

疲れで、まぶたが落ちてくる。今夜は、もうだめだなぁ。

二〇二〇年一〇月二〇日（火）　総動員体制の矛盾

見るものすべてに「貧しさ」を感じるようになりました。

この貧しさはどこからきたのか――

そんなことばかり考えます。


日本学術会議の人選を菅内閣が、任命拒否しました。ようするに政府は、「いい研究者」と「悪い研究者」とを、識別してみせたのです、人々に。

その研究が、国家に奉仕しているかどうかという一線を引いた。これは、いずれ表現の領域にもおよぶでしょう。ヒットラーが退廃芸術の追放を呼びかけたように、「よいもの」と「悪いもの」との仕分けがはじまる。仕分けの対象にされたものは、どんどんどん切り分けられて、分断のすえにやせ細っていきます。

そうやって菅さんは、あらゆる研究を「国家のためになるもの」として、体制に組み込むつもりだとみえる。

つまり一九三八（昭和一三）年の国家総動員法を歴史のなかから掘りかえしているんだな、と理解していきます。人的、物的資源を政府が一元管理し、統制していくという。

でもさ、国力を総動員したはずの戦争に、日本は完敗したよね。言葉であらわせないほどの悲惨な犠牲をはらった、よね。その事実は、総動員体制と引き替えに、失ったもののほうがはるかに大きかったと、わたしたちに教えているはずじゃなかったっけ。研究や表現の自由を縛りつけるのは、社会を痩せさせることでしかなく、国家的な損失であると、歴史は語っていたんじゃなかったっけ。

安倍・菅内閣、その背後の日本会議の思考の根底にあるのは、「あの戦争はまちがっていない」です。ならば、まちがっているのは歴史そのものであり、あの敗戦を受けいれた者たちとなります。あの敗戦を前提につくられた、現代の社会システムや教育の基本です。

しかし——

よくよく考えると、国家のための「総動員体制」には矛盾がないでしょうか。だって、逆説的には社会が病んでいないと、この体制に人を動員することは難しいのです。考える個人が確立された社会は、かんたんには一元化できませんもの。

あたりまえだけど、彼ら為政者は、国民に対してわれわれは社会を貧しくしますとは、決して言わない。知ってのとおり、社会を豊かにして、国家を強くするのだと喧伝している。

わたしはこう思うのです。彼らはじつは、その理想のためならば社会は貧しくともかまわないと思っている。国家さえ強ければ。

はてな――、じゃ分断で病んだ社会が、強い国家となりえるだろうかという疑問が、おのずと立ち上がります。そもそも、いまの権力者たちがあこがれる強さを「強さ」というのだろうか。微塵も知性を感じさせず、貧相ななりをした者が、いくら腕力を誇示しておのれの優越性やら利益を居丈高に主張したとして、はたしてなにを手にすることができるのでしょうか。

為政者の貧相な顔つきを見るたび、それを教えてほしいと思うのです。携帯の料金値下げなんてどうでもいいからさ。

二〇二〇年一〇月二二日（木）　このごろのこと

店先で立派なタマを見かけると

「あっ柿喰いたいな」

と思う。子どものころは庭に鈴なりで、お金を出して買う物じゃなかったのに。皿に出されても、できれば食べたくなかったのに。

サンマだって、そうでした。「またかよ」と思って、のろのろ箸を動かしていたのに、いまじゃそういう自分が考えられない。

ようするに、ありがたみがないんだよね。

歳をとると、自然に体が季節についていくようになる。季節のものはなんだっておいしい。なによりありがたい。きっと、めぐってくる時間そのものがありがたいのです。


牡蛎がでまわりだしました。

寒くなったら、帽子をかぶってマフラーをまいてミトンの手袋をして、オイスターバーのドアを開けよう。この数年、言い続けています。言うだけだけど――

故人の形見にもらったカシミアの黒いジャケットがありました。軽くって、デザインがすてきでした。

少し袖に虫食い跡があったけどたいそう気にいって一シーズンはよく着たのに、翌年からはどこにいったのか、わからなくなってしまったのです。処分するはずもなく、狭い家をずいぶんとさがしたけど、見あたりません。引っ越しのときに、ひょっこりと出てくるかなと期待したけども、やっぱり出てこなかった。

もう八年ほどたつけれど、冷え込む季節になると、霜が降りるがごとく思いだすのです。

あっ、あのジャケットどこにいったかな。で、さがしてない場所はなかったかと、ひとしきり考えるのです。

朝方はだいぶ冷え込むようになり、例年のことだけど、ぶちはなかなかふとんから出てこなくなりました。

二〇二〇年一〇月二七日（火）　詩誌『回生』とどく

冬の足音が、ひたひたと聞こえてきました。

いよいよ、かな。

手袋はあったっけ。

穴、あいてなかったっけ。

部屋のスリッパ、ことしこそ起毛のやつかな。

一回、湯たんぽつかってみようか。

薄手のマフラー、もう出しておいてもいいよなぁ。

どうも、手先、足先、首元の心配ばかりが先にたつ。

コロナ禍の冬、どんな冬になるであろう。

そんなことを考えていた矢先、大河原《おおがわら》のコグマさんより新しい詩誌『回生』が届きました。小さなちいさな、手製の文芸メディアです。暮らしと分かちがたい詩というものがあって、それをごくすこしの人のもとに飛ばすための、地味な編集、制作作業があります。けれど、その一切は「仕事《ビジネス》」ではありません。だから、つくらずともこまる人などいないのです。

でもね、それは「仕事」ではないけど、暮らしではあるわけです。よく暮らすための「しごと」。そういう創作活動のありかたを教えてくれたのが『回生』でした。

毎号、手にするたびに、なにかしらはっとさせられます。

二〇二〇年一一月五日（木）　このごろのこと

ものが書けないのに、ぽつりぽつりと詩の言葉は浮かんできたりするのは……なぜなんだろうか。

つまり、詩として言葉にさわるときは、思考を構造化したり、物語を構想していく作業とは、べつの回路が動いているということなんでしょうか。

言葉を糸のように編み込むのが、いわゆる散文をつくるときの印象。まさにテクストです。

一方、詩は、粘土を造形するような印象でしょうか。あるいは、一本の木から、粗く像を掘りだすような感覚のときもあります。あるいは——泥遊びってときも。

でも、どちらも祖型の最小単位は、言葉なんです。

「大阪都構想」がなんなのかを知らない人は、意外と多いのですね。「都構想」という一種のスローガンと、実際に行われることとが結びつきにくいからでしょう。「都構想」ではなくて、「大阪市廃止案」と言えば、もっと人々には伝わっていたでしょう。

でも、大阪維新の会はそうしなかった。たぶん、あえて。彼らの手法は上手で、実態を「言葉」で膨張させてしまう。それを、タレントのようにテレビメディアを自在に操る市長や知事が、勇しく発するわけです。

まさしく、「まるめ込む」という表現が、じつに似合うのです。まるめ込むのは、人々であり、言葉そのもの。

都構想がなにかわからなくとも、アメリカ大統領選にやけに詳しい人はごろごいて、時候のあいさつのように話題になっています。まるで自分たちに、選挙権があるかのよう（たしかに属国だが、市民権と選挙権はあたえられていないよ）。

これはおそらく、メディアの報道量に比例している。そう、異常なバランスだよね。

連日ニュースのトップで、アメリカ大統領選というフェスティバルに多くの時間を割く日本のメディアの情熱を、どうしてもわたしは理解できない。都構想も国会もけっ飛ばして、大統領選どっぷり。言葉がやけに軽快なわりに、どこか空洞。キャスターの表情がまた過剰に深刻。ようするに、軽薄なのです。わかることといえば、伝える優先順位が、明らかに人々に喜ばれるものにシフトしていること。目指すところは、エンタメなんだね、きっと。軽薄な言葉はいずれ、それに慣らされる人々のものとなる。で、社会のものとなってしまう。

二〇二〇年一一月一五日（日）　消えた光と浮かぶ影

筧克彦《かけいかつひこ》という方の古書『大日本帝国憲法の根本義』（岩波書店）を、購入しました。昭和一九（一九四四）年に発行された九刷版、初版は昭和一一年になります。売れたんですね。文部省の憲法講習会での講演録を、整頓したものです。

筧の名は知らずとも、これでどういう方かは、おおかた想像がつきましょう。ときの憲法学会の実力者でした。東京帝大法学部卒、六年間のドイツ留学を経て、帰国と同時に同大教授に就任した英才です。

本を開いてたった一ページ読むだけで、くらくらきました。紙の臭気でやられ、筧の世界観に打ちのめされる。

アカデミアの泰斗《たいと》による、憲法学の解説でなく、明らかにこれは皇道という宗教の基本世界を説いたものなのです。神がかっています。彼の言葉を借りるならば「神ながらの道」です。

かりに、近代国家の祭政一致がなぜいけないのかと問われたら、ひとことで答えることができる人が、どれほどいるでしょうか。わたしも、そのひとり。

ただ、この一冊をすすめることはできる。

始めから終いまで読めずとも、一章、読むだけでいい。だって、始めから終いまで、同じことを形を変えて語るのみ、なのですから。まるで法華教典のように。二五八ページの一節を引いておきます。


仰々《そもそも》大日本帝国とは、国体の箇所にて反省せし通り、神国・皇国にて、「人民の集団」「国民の国体」ではない。「権力を本義とせる帝国」でもなく「日の本つ国とて　天照大御神の和魂《にぎみたま》を本とする国」即皇国である。「国民の国体」ではなくして「天皇様を中心とせる皇民の一心同体」である。天皇様の御人格の普く一切人に拡張しつゝある全一たる人格者である。


平たくいえば、国家は概念などではなく、身体を有する「人格者」なんだね。身体は、天皇のそれ。つまり、生き神さまです。

明治政府は、天皇という神を創造して、神と国家を不可分のものとしました。これが、筧のいう国体。

そんな神話は国際通念上通らない。現実には、国家はあくまでもいち法人であり、天皇は国家の上にいただく、ひとつの「機関」というのが、おなじ憲法学者の美濃部《みのべ》達吉《たつきち》の見解です。いわば西洋の君主制です。美濃部もまた、筧ともに東京帝大の憲法学をになった同時代の逸材でした。なぜかわたしたちは、美濃部の名は知っています。東京帝大法学部長をつとめたのち貴族院議員となった美濃部の「天皇機関説」が軍部の排撃を受け、辞職に追い込まれるという事件は、周知のことです。歴史教科書が伝えているからです。敗戦によって、こういう「影」に光があたった一方、筧のような「光」の存在が一瞬にして見えなくなってしまいました。

ときの風景や空気感を想像するためにも、光をひかりとして、歴史にとどめておくことは、必要かもしれません。

天皇機関説は、突然起きたわけではありませんでした。京都帝大法学部の瀧川《たきがわ》幸辰《ゆきとき》教授が講義した「トルストイの刑法」を問題視した文部省と司法省が、意義を唱えたのは、昭和七（一九三二）年のこと。「けしからん、瀧川は無政府主義を学生に指導した」というわけです。京大の小西《こにし》重直《しげなお》総長は、瀧川の罷免要求を拒否するものの、文部省は休職として強硬処分に踏み切ります。

記憶にとどめたいのは、それからの展開です。

これに抗議する法学部教授三一名が辞表を提出したため、小西総長も辞職に追い込まれます。収拾をはかった後任の松井《まつい》元興《もとおき》総長の判断は巧妙です。辞表提出者のうち、瀧川を含む六名のみを免官として、あとの辞表を却下したのです。

これへのさらなる反発があり、結果として教授、助教、講師ら一五名が辞職の意思を貫くのですが、法学部は完全に分断されました。

つまり、政治は、最初の一撃を打ち込んだだけで、あとはもよう眺めをすればよかった。拒むものと従うものの亀裂が鮮明になり、憲法をめぐる法学の世界はなかから自壊してゆくのです。混迷する京都帝大への援護の声があがったものの、この事態を東京帝大の法学界は、静観しました。が、京大で上がった炎の火の粉が、ほどなく飛んできます。三年のち、昭和一〇（一九三五）年、天皇機関説への攻撃がはじまるのです。

ちなみに、瀧川事件の火つけ役となった論文の筆者、蓑田胸喜《みのだむねき》も東京帝大法学部の逸材でした。天皇機関説事件を通じてはじまる大学粛清運動の理論的支柱となり、学者個人を治安維持法違反や不敬罪で告発するなどの活躍をみせます。いわば、メディアの寵児ともいうべき論者でした。彼もまた、敗戦と同時に消えた、まばゆかった光のひとつ。著作は、いまも古書の海を漂っています。

菅内閣がやっていることは、このできごとによく似ています。これまでの言動を、一連の歴史に照らし合わせてみるのがいいかもしれません。

二〇二〇年一一月二七日（金）「Ｇｏ Ｔｏスタディ」の国から

ちょっと昔の話です。

アベノミクスを熱烈に応援している、ボストンテリアを連れたおじさんがおりました。法人を得意とをする保険代理店を経営しておられた。

総選挙で大勝をおさめた第二次安倍政権が発足すると、メディアが景気浮揚を持ち上げました。

「やっぱ自民だ、安倍総理だ！」とおじさんも上機嫌でした。商売の回転もよくなったようです。でも、わたしには真顔でこういいました。

「まだ本物じゃないいんだな」

「ホンモノ？」

「そうさ、ホンモノ（好景気）はね、大田区あたりの中小企業がすっごく潤うんだ。こんなもんじゃない！」

「製造業者さん？」

「日本はモノづくりだ。製造の中小が儲かってたら経済は最強なんだよ」

そんな時代はもうこないよ……

とは、言えませんでした。わたしも、ぶちも。

特徴的なのは、こういう景気論者に、なぜか大日本主義者が多いこと。「個人」というものには、根強いアレルギーをお持ちでした。

ともあれ
現状の産業構造が永遠に繁栄する――

人々にそう思わせることに、自由民主党の強さがあります。つまり既存の産業を手厚く支援する。しかし、それは産業構造の転換には対応できないという、致命的な弱さと表裏でした。冷戦終結以降、その強みがみごとにひっくりかえった。すでに需要の乏しい分野を持ちこたえさせる無理は、結局社会のどこかに転化されることになる。経団連のみなさんの要望にこたえ、働く個人を消耗させる経済システムができて久しい。

おじさんとのあの会話を急に思いださせたのは、ツイッターのタイムラインで目にした、あるツイートでした。「スウェーデンで解雇になった知り合いのほとんどが大学や専門学校で新しい分野の勉強を始めている。旅行業やってた友人はデータサイエンスを学んでるとか。2年後にはプログラム終えて職につくプラン。なお学費はかからず、返済不要の給付金も国からもらえる。こうしてこの国は再び持ち直す。」その元になっているのが、スウェーデンからの報告「トラベルでもなくイートでもなく「Ｇｏ Ｔｏスタディ」ですべての人が再復帰できる社会を目指すべし理由」です。

筆者は八八年生まれの研究者・両角達平氏。ストックホルム大学院で国際比較教育を研究した方です。少々長いけれど、一部をそのまま引用します。

社会が変化すれば当然、労働力が必要とされる産業も変わります。その時に新規の生産者となれるのが、（高額の学費も負担しなければならない）一部の高学歴な大卒の若者だけな日本社会

> と、ほぼ全世代が障壁少なく参入できるスウェーデン社会と、どちらがその変化に応えるのが早いでしょうか。
> 日本は1度コケたら、相当に貯金をしていたりビジネスで成功していたり親が豊かでない限り、再スタートができない社会なのではないかと、改めて気づかされました。（中略）
> スウェーデンは個人が社会によって守られるので、逆に企業側も解雇が潔くできるので「負債」を抱えずにすみ、方向転換ができるのです。故に競争力が維持できます。個人を守っているのが「社会」なので、企業から切られてもダメージが少ないのです。逆に企業が個人の面倒をみてお抱えする日本のモデルは、首も切りにくい状態にあるので、小回りが効《ママ》かないのです。

これは、コロナ対策の問題などではなく、国家と個人のありようがどのように発想され、その社会が築かれてきたかという根本的な相違点だと気づかされます。

個人が社会を構成し、「個人が社会によって守られる」のです。言い換えれば、そのひと個人が生かされないと、社会も国家も衰退してしまうという発想を、みなが共有している。

日本において、一生のアイデンティティであり人生の保障だと考えられてきた企業への所属や職業は、じつは生活の一部、一過性のものでしかないというわけです。もしそういう社会であるならば、働くことだってだいぶ気楽になるでしょう。生きる意味を考える視界も、ずいぶんと開かれる気がしませんか。

二〇二〇年一二月一〇日（木）　このごろのこと

時は急ぎ足です。

完全に師走モード。

ｃｏｖｉｄ－19の拡散速度はもっと速く、もうスキップしているかのよう。ある臨界点をとうに越えているのかもしれません。

なんだかことしは、無事に年の瀬にたどりつけるのか、どうも自信がありません。

パンデミックの冬を生き延びるのは、かんたんではない。いつ、だれが倒れても不思議じゃないのです。感染で、経済的困窮で、だれかのいらだちとの衝突で、気力そのものの喪失で、いまという時代への絶望で――

なんだって、ありえます。

だからこそ、隠しようもないその人の本質が問われるのだと思う。本音がむきだしになってしまう。そう思うと、いまという社会は砲弾が飛びかわない戦場なんだね。

いかなる場面でも、自分の生命と、他者の生命を優先すること。いま見失っていけないのは、それだけ。難しいけど、単純なことでもあります。ひとりの権力者がある局面で、優先させるべきものを本気で守ろうとしたのかどうかは、だれの目にもわかるはずです。勇ましい現実主義やら経済通の発言で、どことなく生命をないがしろにしてるなと思ったら、それはきっとどうつくろっても私的な損得に基づいている。知ってしまえば、その内実なんて拍子抜けするほど陳腐なもの。

二〇二〇年一二月一四日（月）　いいかげんにしろ！

ＧｏＴｏトラベルの一時停止を決めた菅さんが、こう言ったそうです。

「年末年始にかけて、これ以上の感染拡大を食い止め、医療機関の負担を軽減し、みなさんが落ち着いた年明けを迎えることができるよう、最大限の対策を講じる」

なんなんだ、この他人ごとのようなもの言いは？

明らかに不自然です。感染爆発の現状に、まったく関与しなかった人のもの言いなのです。いうまでもなく彼は、ＧｏＴｏトラベルを強行し、つい昨日まで「（ＧｏＴｏの停止は）考えていない」と言い捨ててきました。一時停止措置を公表するならば、それを踏まえた言動でないと、ならないはずです。

Ｇｏ Ｔｏが、感染拡大を招くのはだれの目にも明らかでした。それを強行した安全の根拠はなにか、そしてなぜいま見直すのか、そもそもスタート時に引きかえす基準や手順を設定していたのか。懇切に説明したうえで理解を求めるのが、為政者の責任です。
だから、わたしたちは、彼のこのような不遜な態度を安易に受けいれるべきではないのです。ここは、「いいかげんにしろ!」と声を大きくすべき場面なのです。

二〇二〇年一二月三〇日（水）　このごろのこと

コロナ禍が、東京オリンピックをなぎ倒しました。オリンピアをテコに大日本帝国の復活をうっとりと夢見たアベノ王子が政権を放りだし、恫喝と紙一重の人事支配が売りのスガ皇帝が行政府の頂点にのぼり上がった二〇二〇年が、じきに終わります。

十年後、二十年々後に振りかえったときに、あれが重要な曲がり角だったと思えるできごとが、じつはあったのかもしれません。

でも、いまを生きる人にはなかなかそれがわからない。時と一緒に走っているから。あるいは、できごとと距離が近すぎて。

なんどでも言うけどね、たとえば、日本学術会議の人選を総理が任命拒否した「事件」。これは、独裁政権が最初にはじめる公開裁判と処刑によく似ています。

権力者はこの見せしめにより、社会に疑心暗鬼の芽をばらまきました。そのうちに芽がのびて育ち、人々は権力者の意向をみきわめ、自ら監視行動を心がけるようになっていきます。自分と、そして他人を。安倍時代の置き土産で、すでに損得の秤が、知性を凌駕するようになって久しいよね。

注視すべきは、徹底して菅さんが、憲法を蔑《ないがし》ろにしたまま任命拒否の説明を拒否していること。この社会が法による支配にないことを、総理が語ったにひとしい。つまり渦中の六名が、任命拒否された理由は、市民が自分で考えろということです。考えたうえで、自分の未来に重ねてみよということ、なのです。やがて、国家に忖度する私刑がまかり通るようになるでしょう。とんでもないことが、すでにはじまっているのかもしれない。


大掃除を途中で放って、昔住んだ街の酒屋に行きました。すぐ駅前、小さな間口の店ですが、酒の種類は充実しています。常連さんらしい人が入れ替わり棚をのぞいていくんだけども、騒がしいほど込み合いはしない。暮れにここで酒を買うと、ほんの少しだけど幸せな気持ちになります。

ことしも一本買いました。選んだのは秋田の蔵元による「春霞」赤ラベル無濾過生酒。なんとなく、たたずまいがよかった。

二〇二一年

二〇二一年一月一一日（月）　このごろのこと

久しぶりに墨を摺ったら、なんだか安心してしまいました。忘れものを取りに行ったかのような義務まじりの妙な安堵感。

絵のできなんかはおいて、墨はときどき摺らないといけないな。だれと交わしたわけでもない、そんな「約束」が、なぜだかわたしの手のなかにあるらしい。

和紙に墨を流す必然など、わたしにはまったくもってないのだけど。

太陽の出ない日、朝から部屋にこもっていると、こう思わずにおけません。

春はずいぶん遠くにあるなぁ、と。

冬至を過ぎて、日没の時間は徐々に延びているはず。その実感がどうも感じられないのです。

左手の薬指の根元が、しもやけになりました。

二〇二一年二月六日（土）　さよなら ポラン書房

明日で店舗を終いにするという古書店「ポラン書房」に出かけました。最寄りの西武池袋線大泉学園駅は、二駅となりになります。

閉店の事情を大きなあつかいで報じた新聞記事の影響でしょうか、店内はいつになく混みあっていました。古書がぎっしり詰まっていた棚が、いたるところ空いております。

レジのおつりが不足気味のようで、会計のとき奥様が

「細かいお金があったら、たすかります」

とおっしゃった。がま口を開けて、左の手のひらに小銭を全部吐きだしてみたのですが、拾いだすとあいにく一円が足りません。

「いいですよ。これでけっこう」

その声に、別の声がこたえました。

「わたしがカンパします」

声の主は、数冊の本を手にしてわたしの後ろに立っていた年配の男性で、トレーにすっと一円を置いてくださった。

「ありがとうございます」

この書店ならではの、できごとかもしれません。

ちなみに最後に持ち帰ったのは、文庫ばかり三冊。

『家郷の訓』（宮本常一著　岩波文庫）

『文明崩壊』上・下（ジャレド・ダイアモンド著　楡井浩一訳　草思社文庫）

わたしが、かねてから聞き知っていたこの店に通うようになったのは、ちょうど三年前です。近くに引っ越してからのことでした。天気がよければ自転車を走らせ、無目的に棚を眺めるのでした。詩集、宗教、思想、絵本の棚をゆっくり見て回り、近くの喫茶店で買った本をひろげる時間が好きでした。

子どものころよく読んだ『しろいうさぎとくろいうさぎ』（ガース・ウィリアムス文・絵　まつおかきょうこ訳）を買ったときは、道でなくしたものがもどってきたような気になりました。いま自分の書棚を見わたしたら、ちょっと変わったもので、戦前、昭和一六年五月発行の『昭和国民礼法要項』（昭和銀行）という小冊子が目につきました。これもポラン書房で買いました。余談ながら、昭和銀行は、昭和金融恐慌の預金者と破綻銀行の取引先を救済するために構想され、終戦直前に吸収合併されてなくなっています。

レジでは、ときどき店主が声をかけてくださり、持ち帰る本について短い言葉を交わすこともありました。それも楽しかった。

つい先日、『ミシェル・フーコー』(重田園江著　ちくま新書)を差しだしたときは、こんな具合でした。

「すみません、わたしがつけた付箋がそのままでして」

「いいえ、これがいいのです。(本の)案内になりますから」

「どうでしょうかねぇ(笑)」

だいじな遊び場が、またひとつ消えてしまいます。

二〇二一年二月一一日(木)「撤回してるだろ!」の論理

「深く反省をしております。発言を撤回したい。不快な思いをされたみなさんにお詫びしたい」と東京オリンピック・パラリンピック競技大会組織委員会の会長をつとめる森喜朗さんが、おっしゃった。

発言が問題視されたあと、山下泰裕JOC会長は、このようにこたえました。

「本人が謝罪されて、撤回されております。いろいろな意見があることはわかっているが、最後まで組織委をまっとうしていただきたい」

「撤回」によって、ことがいったん解決する。あるいは沈静化する。この国独特の政治風土といっていいでしょう。

ところで、言ってしまったことを「撤回」するって、そもそも可能でしょうか。考えてみたくなりました。

その場にいただれかに向かって発言した言葉は、消しゴムでこすっても消えはしません。物理的に不可能です。そんなことはみんな承知。

発言者にできることは、ふたつです。

情報に誤りがあった場合は、まちがっていた部分を明らかにして訂正することです。だれかの人格や尊厳を傷つけた場合は、反省して謝罪することです。

ではなぜ、発言の撤回という本来、不可能な行為が、この社会では慣習的に行われるのでしょう。いいかたを変えますと、社会通念としてなぜ「撤回」は、通用するのでしょう、か。

「撤回」とは、一種のマジックだとわたしは思うのです。

手のうえのリンゴが一瞬で消滅するはずはないのですが、マジシャンの技術によって舞台を観るものの目にはそのように映ります。

観客はトリックのメカニズムは知らない。しかし、なにかが仕掛けられていることは承知している。承知したうえで、予定通りに一枚の布きれに覆われたリンゴが一瞬で消えて、鳩が飛びだすという結末に驚くわけです。

「撤回します」は、「さぁ、たったいま言葉を消しましたよ」という呼びかけ。わたしたちはこれにこたえ「あっ消えましたね、ほんとうに。問題なんてなにもありませんでした」と、うなずいてみせる。このような前提がなければ「撤回します」というショーは、成立できようはずがないのです。

魅せるべき技術も理念もない為政者が「撤回します」というとき、彼らはそれにやすやすと同意する「奴隷」の観衆を想定しています。

さもありなんですが、発言を「撤回」したにもかかわらず、その進退を問う社会に逆ギレする意見が、自民党議員のSNSから飛び出してきました。そんなものは、思いやりでも、まして彼がいう「寛容さ」でもありません。

言わんとしていることは、「おまえたちは、奴隷だろう。先生のみごとなマジックをいま見なかったのか！」なのです。

二〇二一年二月一二日（金）　虚構の塔

失言の「撤回」に関わる意識について、もうひとつ話したいことがあります。

前回、政治家による発言の「撤回」というのは、聴衆がこれにうなずくであろう（積極的か消極的かはここで問いません）前提がないと成立しないと述べました。つまりさ、どちらも舞台での役割を共有しているからこそ、「撤回します」と言えるのです。

ここでいう「共有」には、ふたつの意味があります。ひとつはいま申した通り、それぞれの役割の「共有」ですよね。

もうひとつはといえば、発言の根底にある価値観の共有なのです。よじれていますが、前者が支配と隷属の関係であれば、こちらは「同志」的な感覚に近い。

東京オリンピック・パラリンピック競技大会組織委員会の最高責任者にあたる森さんの場合ですと、なにげなく口にした「女性の役員は会議においてさして有用ではない」という意味の発言は、その会議を構成する多くの「同志」に向けられていました。「同志」の間では、その認識は共有されている。あるいは自明のこと。だからこそ、そこで嘲笑が起きたのです。

同志は、現状と権威に従順です。異論を述べる者は好みません。オリンピック誘致を称賛した力の根底にも、こうした現状をなんとなくよしとする思考習慣があります。無関心と紙一重、他社に対しては同調をうながす圧力です。

起こるべくしておこった森さんの失言事件は、公共空間に存在するこんな意識が形を変えたものだともいえます。

オーウェルの『一九八四』の第三章では、悲惨な拷問シーンがかなりのページをさいて描かれる。思想犯の更生を担当する「愛情省」の真の目的は、肉体的、精神的に犯罪者を追いつめて、ただ従わせることではありません。人格を破壊したうえで、党に心から服従する「同志」に生まれ変わらせることがもっとも重要なのです。

つまりさ、同志ってのは、どうじに体制の奴隷でもあるわけです。鎖につながれた奴隷ではなく、そんなものがなくとも、みずから奴隷であろうとする奴隷です。

森さんの誤算は、このような多勢の同志が、同志以外のマイノリティーをいつまでも圧倒できると思い込んでいたことなのです。発言の真意になんら問題がないのに、社会的には失敗してしまったと本人は思っているはずです。

悲しいことですが、森さんひとりが役職を引くことにはあまり意味がないと、言わざるをえません。結局、なにも変わらないのです。たとえば、経団連会長の中西宏明氏（日立製作所会長）の騒動への言及。

「日本社会っていうのは、そういう本音のところが正直言ってあるような気もします。（それが）ぱっと出てしまったということかもしれませんけど、まあ、こういうのをわっと取り上げるSNSっていうのは恐ろしいですよね。炎上しますから」

危機を覚えたのは、森さんの発言ではなくて、SNSの「炎上」であると。彼もまた「森さん」なのです。もし、森さんが後継を指名するようなことがあれば（健常な組織であれば、ありえませんが）、その方もまたもうひとりの森さんです。

評論家の加藤典洋《かとうのりひろ》は、論考「失言と癋見《べしみ》」で、戦後の政治家の失言事件を手がかりに「日本人独自の思考様式」とはなにかをとらえようとしました。

過去に政治問題化した発言、騒動の推移、結果を丹念に検証することにより見えてきたのは、この社会が持つ「ホンネの共同性」でした。

「失言には二つの共同性がある。一つは社会的了解の共同性である。（中略）もう一つ、このホンネの共同性がある。この共同性は、語られない（語ればタテマエになる）」

と加藤は述べる。二つの共同性は、おなじものごとの表裏となります。

「語られない共同性」でしばしば政治問題化するのが、「南京大虐殺はなかった」「大東亜戦争はアジア解放戦争」であったというもの。森さんの女性蔑視もそう。

男女が平等であることは「社会的了解の共同性」。だが、「ホンネ」では、女性は社会活動において男性よりも一段おとることは事実でだれもが知っていること、というのが「語られない共同性」です。

語られない共同性を、これこそが社会の道理であると公言する「現実主義者」は、加藤がこの論考を発表した一九九五年当時よりも明らかに増えました。彼らは、より大きな声を発するようになりました。もはや、「社会的了解の共同性」を「ホンネの共同性」が侵食し、その境界は溶けてみえなくなっています。

東京オリンピックは、「ホンネの共同性」で固められた巨大な「希望」の塔なのかもしれません。

崩れようと崩れまいと、ひたすら天を目指す以外の選択肢を持ちません。

東京オリンピックにからみつく「ホンネ」とは、すなわち自我ではちきれんばかりの生々しい欲望です。だれが組織のトップをつとめようとも、虚構の塔はそびえ続ける。もし、この塔を倒す力がどこかにあるとすれば、それはなにがしかの「外圧」でしかないのでしょう。絶望的なことです。

二〇二一年二月一八日（木）　このごろのこと

ひとり飲みを、ほんのすこしだけていねいにやることにしました。

料理をつくらずとも、肴にひと手間をかける。サバ缶に、ネギをのせたり、豆腐にピータンをのせたり、漬け物を盛ったり。まぁそんなていどでいいのです。

酒器も、選ぶ。選ぶほどないからいつもおなじなんだけど、それでもどうしようかと考えてみるわけです。ただしくは、考えるフリをしてみる。

ラジオのＦＭ曲か、音楽を鳴らす。

で、木の鍋敷きを盆に見たてて、グラスと皿を置いてみると、まぁそれらしいのです。赤ちょうちんがかかった狭い間口のカウンターにひとりで座っているようで、なんだか愉しい。

あっ、これってままごとじゃないか！

と、最近ふいに気づきました。なにしろ、自分で舞台をこしらえて、自分で演じるのですから、自在なわけです。いってみれば、自分サイズの即席「王国」です。

三枚の豆皿を、あきもせずつかいまわしています。

それぞれ熊とナガスクジラと鯛をあしらったデザインで、どうということもない皿です。陽があるうちに、ビールを開けるときなんかは熊です。ちょっと気がめいって一杯だけ飲もうというときは鯛だな、たいてい。少々おいしい酒を飲もうかなというときは、ナガスクジラだろうな。でも考えてみたら、転がす豆菓子はいつだって変わらないんだよね。おなじ銘柄の大豆とピーナッツだけ。

大衆酒場で見かける厚口の日本酒用グラスが、食器棚の隅にひとつあります。近所の工芸セレクト店で見かけて、通るたびにさわっておりました。

やぼったぁ。なんだか不必要に厚いんだよなぁ……

と思いつつ、北風が冷たい夜、なんとなく買って帰ったのでした。

酒をつぎこぼして、皿に落とすというのが、正しいつかいかたですが、自分ではどうもこれができない。

「こぼすのって、気が引けるんだよな」

とつぶやいたら、小耳にはさんだ息子がさもつまらなそうにいいました。

「じゃ、ちがうのつかえば。皿、じゃまなだけじゃない？」

「……」

二〇二一年二月二八日（日）〈シネマ手帳〉No.53『DAU．ナターシャ』

久しぶりに映画館に行きました。

幕が下りたとき、胸にあったのは感慨や思索ではなく、あきらかな戸惑いでした。たったいま観た映像は、少なくともわたしが知る「映画」ではなかったのです。

舞台は一九五二年、ソヴィエト社会主義共和国連邦の物理技術研究所に併設されたカフェです。登場人物は、カフェの労働者であるナターシャと同僚のオーリャ、研究所で軍事研究を行う常連の職員たちです。

二人で切り盛りするカフェの仕事ぶり、閉店後に開かれる女二人の酒盛りと諍い、研究所職員たちの狂気じみたパーティーや、その最中の享楽的な情事が、ナターシャを通して、濃密に映しだされる。スクリーンには、街の底に溜まるグロテスクな欲望があられもなくほとばしるのです。

カメラのレンズはひたすら、ナターシャという「点」に寄っている。あえて、俯瞰した「全体」

（政治体制や社会矛盾）はあらわれない。

　この映画の異様なまでの生々しさは、どこからくるのか。

　タイトルの「DAU《ダウ》」は、一九六二年にノーベル物理学賞を受賞したソヴィエトの物理学者「レフ・ランダウ」からとった、時代を象徴する記号です。あしかけ十五年に及んだ映画づくりは、ランダウが勤めた研究所を核にして、あの「時代」を完璧に再現する巨大なプロジェクトでした。街のセットは、ウクライナの廃墟となった一万二〇〇〇平方メートルの敷地内に建設されています。

　驚くべきは、主要キャスト四〇〇人のうち一定数が、ここで当時の衣装のまま約二年間にわたり生活したこと。研究所では、映画に参加した本当の科学者各自のテーマ研究が継続され、イリヤ・フルジャノフスキー監督はじめ制作スタッフも、出演者とおなじ時代の衣装で、いたるところでカメラを回しました。つまり、生きた街が、そこに生みだされたのです。撮影の延べ期間は四十カ月、回った三五ミリフィルムは七〇〇〇時間分にのぼります。その七〇〇〇時間のなかから取りだされた物語の第一弾が、本作なのです。

　毎朝届く当時の新聞を目にして、通貨ルーブルで暮らす出演者たちは、ソヴィエト体制下の社会システムに従い、それぞれの役柄のまま人間関係をつくっていきました。いつしか、憎しみも愛情も、演技を超越していきます。

　さて、ナターシャの目に映る代わり映えしない街は、終盤、まったくちがう姿をあらわします。

都市のなかに穿たれた深い穴に、彼女は落ちてしまう。落とされるのです。

その穴こそが、独裁体制下の全体主義を維持するのに必須の機密空間だといえます。

ちなみに、穴のなかでナターシャを待ちかまえる男は、実際に元KGB大佐だった人物です。もっともナターシャ役のナターリヤ・ベレジナヤ、オーリャ役のオリガ・シカバルニヤ、ナターシャと肉体関係を持つフランス人研究者ら多くは、演技とは無縁の仕事を持つ人々で、役者ではありません。その意味でも、これは恐るべき映画であり、実験だといえます。七五年、モスクワ生まれの異才・フルジャノフスキー監督が、次になにをしかけるのか。要注意です。


（監督：イリヤ・フルジャノフスキー、エカテリーナ・エルテリ／撮影：ユルゲン・ユルゲス／出演：ナターリヤ・ベレジナヤ、オリガ・シカバルニヤ他／二〇二〇年／ドイツ、ウクライナ、イギリス、ロシア合作／ロシア語／一三九分　トランスフォーマー配給）

二〇二一年三月四日（木）〈シネマ手帳〉No.54『天国にちがいない』

夜のニューヨークに空路降り立った映画監督の男が拾ったタクシー。黒人のドライバーが軽口で尋ねます。

「どこから来たんだい？」

「ナザレ」

「そっ、ナザレか。ナザレって国かい？」

「……パレスチナ人さ」

運転手は、思わず急ブレーキをかけて、満面の笑みで後部席を振りかえります。

「えっ！　人生でパレスチナ人に会ったのは初めてさ。記念にこの運賃はただでいいよ」

「………」

主人公の台詞らしい台詞といえば、この場面のみです。

いうまでもなく、パレスチナ自治区のナザレはイスラエルの占領下にあり、パレスチナという国は存在しません。国を訊かれて、国名を口にできず、珍獣でも見るようなドライバーの反応に悲しみを覚えるでもなく――。ただ、飄然と自分が遭遇した空間にたたずむ。これが、映画監督スレイマンのスタイルなのです。

映画監督役を演じるのは、エリア・スレイマン監督自身です。本作の、ナザレ生まれのパレスチナ系イスラエル人という設定も、当人そのもの。

ナザレで暮らす監督が、映画の企画を売り込むためにパリ、ニューヨークに出かけます。道中のできごとの断片が、数珠のようにつながっていく。気づかされるのは、ナザレでの日常と異国での非日常が、まったく同質の重さでとらえられていること。彼の目を透過する世界は、ひとしくナンセンスなのです。

彼は、パレスチナを圧迫し続ける巨大な暴力や多くの血を流してきた過酷な抵抗を、そのままスクリーンに投影しようとはしません。声も発せず、冷めた目で半ば驚き、半ば戸惑い、そしていぶかしむだけ。その方法をどこまでも貫くのです。

物語のはじめと終わりに、レモンの木が生いしげるナザレの家の庭が出てきます。早朝、隣人が勝手にはいり込んで鈴なりの実をもいで、悪びれもしません。ベランダからのぞく監督に悠然と言うのです。

「泥棒だと思うな、ノックしたのにだれも出てこなかったのさ」と。

この「泥棒」は、あるときには勝手に木に水をやって、枝の剪定までもやってしまう。近代資本主義と国家がこの地を蹂躙する以前の土地の記憶すら、おかしみに包まれているのです。

中折れのストローハットと紺のジャケットに、たすがけの薄い革カバンという格好は、ナザレでも旅先でも一緒(このセンス、好きです。つかう音楽もいいのです)。

「もし過去の私の映画作品が、パレスチナを世界の縮図として描くことを目指していたなら、『天国にちがいない』は、世界をパレスチナの縮図として提示しようとしている」(エリア・スレイマン)

原題は、「It Must Be Heaven」。

（監督：エリア・スレイマン／撮影：ユルゲン・ユルゲス／出演：ガエル・ガルシア・ベルナル、タリク・コプティ、アリ・スリマン他／二〇一九年／フランス、カタール、ドイツ、カナダ、トルコ、パレスチナ合作／英語、フランス語、スペイン語、アラビア語／一〇二分　アルバトロス・フィルム、クロックワークス配給）

二〇二一年三月一一日（木）　三・一一の夜に

また「三・一一」が、めぐってきました。

あれからとうとう、十年の歳月が流れたことになります。

未曾有の災害に直面したこの国にとって、三・一一からの「復興」とはなんであったか。わたしにとっては、これを言葉にしようとして、できなかった十年でした。

しばしば、不思議な思いにかられることがあります。パンデミックの混乱がつづくいま、おりしも震災から十年のこのとき、東京でオリンピックを強行しようというこのめぐり合わせに、なにかの意味があるのかないのか──。と、思いださずにおけないのが、オリンピック誘致のための安倍総理（当時）のプレゼンの一節です。

「フクシマについて、お案じの向きには、私から保証をいたします。状況は、統御されています。東京には、いかなる悪影響にしろ、これまでおよぼしたことはなく、今後とも、およぼすことはありません」

フクシマの惨状は、開催地東京に影響をおよぼさない……

とは、いったいどんな理屈なのでしょうか。二〇二〇年の開催権利をもぎとったときの、国あげてのはしゃぎよう。このときわたしは、心底この社会が恐ろしくなったのでした。現実から逃避する道を選んでなお、「復興」で盛り上がろうとする心根は、どこからくるのだろうか。

ともあれ、あの招致活動によって、本来無関係であった大震災と原発事故とオリンピック、そして開催を待っていたかのようにあらわれたパンデミックは、固くからまっていくのです。やはりそれは、奇妙だとしか言いようがないのです。

たしかなことは、この国の「復興」が、「オリンピック」なる象徴に転化されたということです。オリンピックの開催が、なぜか復興の手段となり、いつの間にか目的そのものとなってしまう。そして昨年来、大看板だった開催動機は「コロナウィルスとの戦いに人類が勝利した証」となったのでした。

さて、あの津波が沿岸の街を飲み込む場面を思い起こし、いま一度問うてみます。

はたして、「復興」とはなんだろうか。この問いの前で、立ちどまったままことしも動けずにいます。

星があろうとなかろうと、この日ばかりは夜空を見上げずにおけません。

二〇二一年三月一五日（月）　この十年

もしも、「三・一一」後の社会を生きる生者に、それがかなわなかった者がなにかを託したとしたならば、なんだろうか。

この十年、そんなことを考え続けてきました。

実際に、死者が託したものなどあったのか、なかったのか、それは問題でないのです。そうだと思い、未来を選ぶよりないのです。

では三・一一後、この国はどこに向かったでしょうか。

「日本を、取り戻す」とうたった自民党の安倍総裁が、圧倒的な選挙結果で総理の座に返り咲きました。

この内閣が推し進めたことを、思いつくまま挙げてみましょうか。

異次元金融緩和のアベノミクス、国土強靭化計画、安全保障関連法案（集団的自衛権の容認）、特定秘密保護法、小中学校での道徳教育開始、教育勅語を教材に用いることの肯定、東京オリンピックの誘致――

まさしく、いつかの栄光を「取り戻す」ための十年だったといっていいでしょう。

さらなる利潤追求を求めた三・一一後の社会は、人々を厳しい競走に駆りたててきました。成長のためには市場を、ひたすら拡張しなければならない。当然ながら、地球環境の限界には無頓着でした。富者が搾取を効率化させる結果として、社会は必然的に多くの弱者を生みだすことになりました。

かりに、三・一一を国家存亡の危機、差し迫った警鐘だととらえたならば、こうした流れにあらがうべく新しい価値を見いだそうとしたはずです。けれども、そうはならなかったのです。未曾有の国難を、「復古」の道具にしてしまった。誤解を怖れずにいえば、政治家個人のイデオロギーのために被災地を都合よく消費したのです。向かうべきところを、この社会は決定的にまちがえました。いまだ修正の兆しすら見えない。それが、「この十年」ではなかったかと思うのです。

二〇二一年三月二一日（日）　春の嵐の日に

風雨が、窓ガラスをたたいています。

ついさっきは南東向きの窓が鳴っておりましたが、今度は南西の窓が鳴っている。

横殴りの風雨の向こうに、いつもと変わりなく過ぎてゆく電車がありました。西から東、東から西へ。

春の嵐。

知らぬうちに体が冷えていたようなので、迷ったすえにエアコンをいれました。

上空の雲が、すごい勢いで動いています。雲は切れそうで、切れない。

あてもないのに、いつも便りを待っていることに気づきました。便りがあるかもしれないという期待が、どこかにある。肩を落とすような暗い気分のときでも、のんびりと過ごしているときでも、「いま、表のポストに手紙がはいっていたらいいな」と、ぼんやり思ったりする。不思議と、手紙の差し出し人がだれなのかとは、考えたりしないのです。

だれでもいいってことなんでしょうね。

待てど待てど便りはこない。

ならば、言葉をつくろって自分がなにかを書くよりない。詩であれ、こういう散文であれ、仕事として依頼された書籍原稿でも、突き詰めればそれらは、きっとだれかへの手紙であるわけです。

いずれどこかから返信がはこばれてきて、表のポストに放り込まれます。コトリという小さな音をたてて、手紙が落ちる。

なにかを書こうという昨今の自分の意欲は、それっぽっちのか細い空想に支えられて、かろうじて立っている気がします。これって、もういないあの人がよく言ってたことだったな。

春の嵐の日に。

二〇二一年三月三〇日（火）　親鸞殿、念仏で救われますか？

ずいぶん暖かい。

暖かすぎるぐらいです。

やっかいなできごとがあり、十日あまり心身が摩耗し続けております。エンドレスではないとわかっていても、渦中にいるときは時間の見通しを考えることができない。空間と時間の感覚をなくしていくと、人はありもしない小さな檻にみずからを閉じ込めてしまう。

こういうときは、日増しに「楽になりたい」と心中でつぶやくようになります。

ふと、思う。

自分は、いまの状況から解放されることをのぞんでいるのか、それともこのまま生きることから解放されたいのか。ある一線を超えたら、一切が面倒くさくなり、一切がどうでもよくなってくるのでしょう、きっと。

法然は、ひたすら念仏を唱えることを説きました。それによって仏になれると。その教えを継

承した親鸞は
「それってほんとう？」

というあざとい問いに、わりと暢気《のんき》にこたえてくれました。『歎異抄《たんにしょう》』のなかで、弟子唯円《ゆいえん》がぼやきますね。

「師匠だから正直にいいますがね、じつは念仏を唱えてもね、ちっとも心が盛り上がらんのです……」

親鸞はこたえます。

「わかるよ、じつはわしもおんなじことがある。それって煩悩の仕業よな。だから、煩悩多きこんな凡人こそが、救われるわけよ。阿弥陀さまの悲願ってのは、まさにそれさっ。頼しいことこのうえなしよ」

なんだか、都合がよい。わかるような、わからんような。

ともあれ、最近のわたしは、その都合のよさがわりと好ましく思えるようになっていました。実際に救済の手がのびてくるのかどうかは、そんなに重要なことじゃないのです。「救われるはず」と、とりあえず思っておくと、いくぶんかは楽になる。

そう、いくぶんか楽に世を過ぎていくことが、ブッダが考えた執着を捨てること、悟ることに、すこしだけ、ほんのすこしだけ近づくことになる。

そんなもんでいいような気がします。信仰だもの。

二〇二一年四月一六日（金）　命と時間

九年前のこの日、友人が逝きました。息をひきとったのは、朝方でした。前の日の夕に病室にはいって、そのときまで一緒にいられたことは、いま思えば神さまがくれた時間でした。

空はよく晴れておりました。

入院したばかりのころ、看護士さんがわたしを指して、「息子さんですか！　似てますね」と尋ねたとき、彼はうれしそうでした。

そのときに彼は言いました。「あと五年とは言わない。三年だけ生きたいな」と。

わたしは心底から祈りました。自分の寿命三年を、どうか割いてくださいと。

その三年は、もう三回過ぎてしまいました。あんなに切望した三年は、じつに一瞬でした。あっけない、あまりにあっけないのです。

生物に与えられた時間には、どんな意味があるでしょうか。

彼が生きられなかった三年に、どんな意味があるのでしょうか。

彼が切望した三年の三倍の時間を生きてしまったわたしは、なにゆえ生かされているのでしょうか。

命と時間について、一日中考えておりました。

二〇二一年五月一日（土）　このごろのこと

あぁ、もう五月ですと。

机の前にグラッパを持ってきて、すこしやる。やりながら書いています。

三年前に引っ越した街に、久しぶりに行きました。行き先は、長らく通う駅前の歯科医院です。自動車がはいってこられない駅前の広場（支線であるためここが終点）。当時は、毎日ぶちとどこかに立っておりました。低い階段に座って、到着する電車をただ眺めていることがよくありました。なんの用がなくとも、だれを待っていなくとも、次の電車が到着し、改札を人が流れていくのを、見つめているのです。いまとなっては、こういう駅のつくりがきわめて稀であることがよくわかります。

あぁ、わたしはこの街がとても好きだったのだと、あらためて思う。

失うこと、得ること。

このバランスが極端に崩れ、自力で回復が不能だと悟ったとき、ひとは希望を見失う。わたしのものであるはずの心身をうまく扱えなくなってしまう。すなわち、生を維持するのが難しくなるのかもしれない、と思う。

二〇二一年五月一七日（月）　ここにいないひとのこと

なんだかね、書き留めておきたいことがないのです。このところ、しばらく。身のまわりでなにも起きていないのではなくて、起きていることに反応しなくなってしまった、というだけのこと。

いつかの詩「こんなとき（『おにぎり』所収）」じゃないけどもそれでも、腹は減るわけです。

それでも、大時計の針は動くわけです。

ひとは、やっかいです。

ミヒャエル・エンデの昔のインタビューが、絵本雑誌に再録されていました。

もしいまエンデがいたら、どんな物語を構想したでしょうか。

ひょっとしたら、彼は書くことをやめてしまうでしょうか。

「私にまず書くきっかけを与えてくれるのは、遊び《シュピール》のアイディアを思い付くことです。そして、この遊びを作成する作業の中で、それを面白い遊びにするため、個人的な体験や今日の問題から生まれるさまざまなものを私は使います。でも、このルールを考え出すことが、私にとって常に最重要なのです」（『月刊ＭＯＥ』二〇二一年三月号 所収）

すきまのない社会にもっとも不要なものが、エンデ作品に不可欠だった「遊びのアイデア」です。

もしいまケーテ・コルヴィッツがいたら、なにを描くでしょうか。

彼女は、世界のなにを見ようとするでしょうか。その画はやはり、「種を粉にひいてはならない」と、声たかく歌うにちがいないでしょう。

このところ、ここにいない人たちのことばかり考えてしまうのは、なぜでしょう。ここにいない人たちが大切にしたことが、ここにないからでしょうか。それとも、わたしに見えないだけでしょうか。

所用で新大久保に出かけた帰り、スパイスをすこしまとめ買いしました。袋詰めのものを瓶に移し替えたら、美しいこと。香りまで、美しい。

最近、もっとも気持ちがおどったことです——

クミン、コリアンダー、ターメリックのパウダーは、まったく魔法の砂です。朝の光にかざしてうっとり眺めていたら、ゴータマ（ブッダ）のことが思い浮かびました。さてゴータマは、スパイスのこの輝きを目にしたことでしょうか。

二〇二一年六月七日（月）　このごろのこと

空疎な言葉。

「安全・安心」

どうでもいいこと。

「人類が新型コロナに打ち勝った証」

もらいたくないもの。

「希望と勇気」

みんな不要。


ぶちはますます歩きません。

家の前から歩きだすのにあまりに時間がかかりすぎるので、少しさきの辻まで抱いてゆき、そこで降ろしてやります。

体重が一二キロあるのでそこそこ重い。よっこらよっこら歩いていると、近所のおばあさんに笑われます。

部屋のなかは暑いのだけれども、ときどきはいってくる風はひんやりとしています。

もう梅雨か。まだすこし先か。

夏が来れば、からまった五つの輪が、東京に転がってくるそうな。もつれて、這うようにしてやってくるそうな。

権益と欲望の変異種だそうな。

二〇二一年六月一五日（火）　レール

先日、陽が明るいうちに乗った電車の車両が、たまたま最後尾でした。ふと振り向くと、窓越しの風景が後ろへうしろへと逃げてゆく。乗り慣れたいつもの路線が、まるでちがって見えるのに目を見張ってしまいました。

途切れることなくつながるレールはまるで時間軸で、どこかに向かって時間を遡っているのではないかという空想がひろがる。

ふと、一本の映画を思いだしました。イ・チャンドン監督の『ペパーミント・キャンディー』。フィルムの逆回しにより、列車がどんどん後ろへと走るあの映像が浮かんだのです。戦争と独裁政権下の監視社会に翻弄された、ある男の二十年がレールを滑るように映しだされてゆく。

細部まで覚えていないのですが、見終えた後の荒涼たるさびしさだけが記憶の奥からよみがえり、過ぎ去るレールから目をはずしました。

わたしのなかでは、なぜかレールは空間的なベクトルでなく、時間的なベクトルです。どうしてだろうか。

レールをよりどころに人や物が行きかう時間の感覚は、単調で安定しています。考えようによっては迂遠です。固定したポイントたる駅を必ず経由する手間、一本道という制約があります。でも、それゆえの安心感もある。それって、家のドアを出て目的のドアの前に行ける自動車の移動にはない感覚かもしれません。

二〇二一年六月一九日（土） プロジェクトの目的

東京オリンピックは、「開催する」こと自体が目的だったようです。なるほど「アルマゲドンがないかぎり」撤退は、ありえないわけですね。

戦争も、一種の国家プロジェクトだとしましょう。

さきの十五年戦争では、植民地をめぐる散発的な衝突が、ついに全面戦争に発展しました。ときの政府は、究極の目的たる「植民地権益」＝「支配による収奪」を語らず、手段であるはずの「聖戦」そのものを民に向かって掲げました。盧溝橋事件から二年目に、陸軍情報部がつく

った パンフ『国家総力戦の戦士に告ぐ』(まっ、大衆向けの聖戦の手引きだよね)によれば、聖戦とは「東亜の諸民族の為に新しい天地が開かれ、其の安寧と繁栄と幸福とが約束され」た状態を、(なぜか)日本がつくってあげる戦争です。「全人類がコロナウィルスに勝利した証」を、(なぜか)日本が立ててあげる、というのと似ていますね。東亜や全世界のために、自己犠牲を覚悟で「やってあげる」のです。肝心な「なぜか」は、口にしません。

ともあれ、戦争をはじめた時点ですでに目的が溶けているのは、東京オリンピックとおなじです。

振りかえってみれば、近代日本は大がかりな国家プロジェクトを打ち出すとき、公益(自国民の人権や隣国の権利を含む)と格闘してこなかった。つまり、公の合理的な目的を制定することがずっとできなかった。言いかたを変えれば、到達点を定めず、進退の判断ができない型(制約)のなかで、手段だけを頼りに前進をはじめることが常態化しました。そのたびごと、目前のできごとを解決するため、言葉をもてあそび安易で空疎な目的をひねりだしていく。そこには、具体性も誠実さもない。

皇国史観が、その根深いところにあったかもしれないと思うことがあります。あらゆる価値を超越する天皇の国は、存在そのものが神聖です。皇国の正義を掲げてしまえば、異なる価値観、ぶつかる利害の調整をもはや必要としないのです。それ以上、それ以外の目的など存在しないのですから、言葉も、理論もいりません。

組み込まれた予定通り（一部の自治体をのぞき）聖火リレーは粛々と、いまも遂行されています。「実施」が目的だからともかくやるのです。沿道に出てきて、スポンサーの景品を受けとって空々しい行列に手をふる人々と、聖戦の勝利報道（大本営発表だよ）のたびにわきだしたかつての提灯行列と、なにがどうちがうのか、わたしにはよくわかりません。

わかることは、せいぜいひとつ。ようするに、目的などなくとも、見えずとも、一定数の、それも少なくない人々はこうやって動員できるという厳然たる事実です。目的が、支離滅裂の「進め一億火の玉だ」だって、ぜんぜんかまいやしないのです。

二〇二一年七月一八日（日）　桂川潤さんのこと

業界で名の通った桂川潤さんの仕事を、わたしはそのときまでまるで知りませんでした。同じ沿線の住宅地で開かれた装丁展に出かけたのは、たしか一昨年です。

会場は、親しい個人宅の離れで、のんびりとしたものでした。机にかなりの数の本が並べられ、本人が立っておりました。一冊ずつ手に取って開いて回り、感じたことがありました。

この人はきっと「装丁」とはなにか、書籍とはなにかを始終考えている、ということでした。しゃれたパッケージをつくるというより、テクストを表にどう引っ張り出すか、試行錯誤してきた跡が、たしかに見えてくるのです。

考えたすえ、リュックから『おぎにり』を取りだしました。で、不躾は承知で、本人に直接、この詩集のカバーリニューアルをお願いすることは可能かを打診してみたのでした。

しばらく本をめくっていた桂川さんは、版元に目をとめました。

「未知谷《みちたに》さんですか……」

「ええ、売れないのを承知でなぜか引き受けてくれたのです」

「版元さんは、その本に（売り上げ以外の）なにかがないと引き受けてはくれませんよ。たいへん、ていねいなつくりですね」

「和紙張りにしてくれました」

そんな会話をしました。ひとしきり話してから、急な申し出を快諾してくだった桂川さんは、名刺と自著のエッセイ集『装丁、あれこれ』をくれました。

「要らぬコストをかけずに、どのようなリニューアルが可能か、知恵を絞ってみます」

その日の返信メールには、こうありました。

ＳＮＳを通じて知る桂川さんは、一箱古本市はじめ本に関わるさまざまなイベントに労をおしまず飛び出していく行動派の「本の虫」でした。よく現場に出没し、自分の意識になにかを加えていました。

『装丁、あれこれ』のオビに加藤典洋氏が記した「装丁家は本のため／何といろんなことを考えるものか。／その不器用さが思想家のようだ。」を地でいく、まさに「思想家」でした。デザインのみならず、本にまつわる実情を総合的、かつ有機的にとらえることができる稀な人でもありました。その意味で、優れた批評家でした。著作や多くのエッセイの文体は、簡潔で明朗です。

さらに、わたしていどの知り合いにもときおり呼びかけをしてくださる、たいへん気づかいの方でもありました。

桂川さんの仕事に注目しはじめ、その考え方や本に接する態度に、わたしは強く共感しました。ひそかに、『おぎにり』のカバーリニューアルと抱き合わせで、二冊目の詩集のデザインはまるごと桂川さんにお願いしようと考えておりました。

昨年のいつごろだったか。練馬区立美術館の一室でクロッキーをやったあとにロビーに出ると、偶然にも桂川さんの姿がありました。忘れもしない、背筋が通ったすらっとした風貌でした。

小さな一人用テーブルに座った桂川さんは、その背中を小さくまるめて熱心に書きものをはじめました。展示に関する意見か、個人的なメモかわかりませんが、すぐには終わりそうもありませんでした。

じゃまになるかと思ったわたしは、背中に無言であいさつして美術館を立ち去りました。お見かけした最後が、それでした。

どうして、ひとこと声をかけなかったんだろうか、といまだに悔やまれます。ツイッターのタイムラインで、訃報を知ったときは、ほんとうに驚きました。ちょっと早い。早すぎます。もっと本の世界にいてほしい方でした。つかの間のおつきあいでしたが、出会いに感謝いたします。ほんとうに、お疲れさまでした。ご冥福をお祈りいたします。

二〇二一年八月八日（日）　東京一極へ

台風一〇号が太平洋を北東に進んでいる。
朝から雨。ぶちと朝八時まで朝寝坊しました。散歩もなし。
すごく蒸し暑く、汗がふきだしてくる。
こういう日は、なにもしないのがいい。

東京オリンピックが終わります。
賛否を分けた「開催とりやめ」は、政府、東京都に一蹴され、「いま」がなにごともなく、晴れやかに眼前にある。しかも、メディアの大々的な報道により、いやがうえにも競技は盛り上がったようで、「やってよかった」の合唱が、これから大きくなると思われます。

加えて、電波メディアはオリンピアンの「英雄」を次々とバラエティーやトーク番組に招集するはずです。オリンピックは「物語」と「笑い」に変換され、二度消費される。閉会してなお、日本的エンタメになってしばらくメディアに居座る見通し。

巨大イベントの是非を問う論調は跡形もなく漂白されそうな予感です。

気づけば、眼前に総選挙の扉が開いている――

いまある事態を肯定する。そんな圧倒的多数が、マイノリティーをさらに圧迫していく転機が、ふりかえれば二〇二一年の夏であった。そんなふうに時代が移っていくかもしれないな、と思っています。

このオリンピックでより明らかになったことのひとつが東京の一極化です。これから、「東京」があるゆるジャンルにあらわれ、価値を支配する。

こんな推測がみごとにはずれてくれればいい、と思うばかりです。

今日の夕飯をどうしようか考えています。カマスの干物を焼くか、レモンのスパゲッティーにするか。

二〇二一年八月九日（月）　このごろのこと

五輪の熱狂の後ろ姿がまだ見える今朝、思い浮かんだ言葉は「敗戦」。

あっそうか、あれは敗戦の狂気か。

植民地主義を正当化するために掲げた「五族共和」と、人類がコロナを打ち負かすのだという五輪。いずれも空疎。ナンバー「五」の重なりは、ただの偶然か。

知人からのメールで、八月九日だと気づきました。

朝からの生暖かい強風は、長崎からの爆風にちがいない。

一一時二分、アメリカ軍が市街地に投下した原爆は、人々の暮らしを吹き飛ばし、七万四〇〇〇人の命を高熱で溶かしたのです。

あのときもこの列島は、ある種の熱狂に侵されていたのでした。

家を一歩も出ずに、領収書、机まわりの整頓と、執筆のための年表づくりをしていたら、もう日暮れです。

植民地台湾とは、大日本帝国にとってなんであったのか――

こたえがない。

セミが鳴いています。今日中に読みきってしまおうと思っていた資料は、まったく手つかずでした。

しかも片づけたつもりの机のうえは、まだ渾沌としています。

「敗戦」

銭湯に行くか夕方まで迷ったのですが、もろもろのリスクを考えやめました。

大きな浴槽で、のんびり汗を流したい。

二〇二一年八月一五日（日）ウルトラ・ナショナリズム

どうしてこんな国になってしまったのか。

考えない日はない。

八月一五日は「終戦」の日ではありません。天皇の玉音放送がラジオ電波で流れた日です。強いて命名するなら、玉音の日。「ぎょくおん」なる特殊な言葉のとおり、じつに内向きな記念日です。

太平洋戦争の降伏文書の調印式が連合国と交わされたのは、一九四五年九月二日です。この日が、世界が認める（つまり外向きの）大日本帝国の本当の敗戦の日であり、もっと正確に言えば「降伏」の日なのです。

本日、また菅政権の閣僚数名、安倍晋三前首相が靖国神社に参拝をなさった。

靖国とはなにか――

降伏から七十六年がたっても、たったこれだけのことさえケリをつけることができない、日本人のあわれな姿を彼らは身をもって国内外に示してくれました。

問題の核心は、A級戦犯合祀の可否とか、死者への「哀悼の意」のなにが悪いのかとか、中韓の反発とかではないのです。靖国をどう理解しているか。それだけです。つまり、歴史への態度。

日清・日露戦争後の一九一一年に、論考「日本独特の国家主義」（『靖国問題』所収 高橋哲也著 ちくま新書）において、すでに河上肇《しこう》が
「日本人の神は国家なり。而して天皇はこの神たる国体を代表し給う所の者にて、いわば抽象的なる国家神を具体的にしたる者がわが国の天皇なり」

と、明確に述べています。国体の概念をもっとも完結に述べた文章とも言えます。ウルトラ・ナショナリズムが社会を覆う満州事変の二十年前も前のこと。

そして、靖国をこう位置づけます。

「既に国家主義は日本人の宗教たり。故に看よ、この国家主義に殉じたる者は死後皆な神として祀らるることを。靖国はその一なり」

すなわち、「日本独特の国家主義」を成立させている一装置というわけです。

戦後、政府の「閣僚の靖国神社参拝問題に関する懇談会」の委員をつとめた江藤淳《えとうじゅん》は、そんな

ふうには考えませんでした。論考「生者の視線と死者の視線」では、外国人には理解されえない「日本の国柄そのもの」だという言いかたをしました。ようするに、靖国の存在は、国家主義などとかかわりのないものだと。

「日本人は生者のことだけを考えていい民族ではないんですね。生者が生者として生き生きと生活するためには、死者のことを常に考えていなければいけない」

それが、たまたま靖国という形になったというわけです。

わたしは、うなずけません。江藤の主張は断じてちがう、といわざるをえない。そうであるならば、なぜ空襲に焼かれた自国の市民を祀らないのか。なぜ、侵略した国々で奪った無数の命を祀らないのか。祀れないのか。なぜ、英霊は兵士（軍属ふくむ）なのか。

むずかしい話ではありません。靖国は、植民地主義をむき出しにした大日本帝国の精神そのもの、戦争遂行のための政治システムにほかならないからです。国民を兵士として消耗し続けるためには、死後は英霊になるという「担保」が必須だったのです。

説明を尽くしても、おそらく理解できないでしょう、安倍さんも小泉元総理のご子息も、日本会議のメンバーである多くの代議士たちも。それが超国家主義（ウルトラ・ナショナリズム）というものです。

二〇二一年九月六日（月）「末法」「末世」の方向感覚

手に取っていた片山杜秀《かたやまもりひで》著『歴史という教養』（河出新書）のなかに、「末法《まっぽう》」という言葉がありました。ブッダの正しい教えが存在した世を「正法《しょうぼう》」といいます。ですから、正しい教えがなにか、わからなくなってしまった世が末法となるわけです。

ブッダの教えが薄れ、彼のあとに続いて悟りの境地に達した者が、ひとりもいない世になってまった、ということ。悟りを説ける者がいなければ、その時代の菩薩たち（成仏の可能性がある修行者のことですから、わたしも菩薩のひとりです）は、なににすがればよいのかが、わからない。

「末法には末法の生き方がある」と片山は言います。そのとき、頼ることができる綱が「史観」。

夕方、書棚にあった阿満利麿《あまとしまろ》著『法然入門』（ちくま新書）を、たまたま開いて拾い読みしたところ、冒頭にあった「末世《まっせ》」が、目にとまりました。

文字通り、世も末の状況。阿満氏は「時代の常識が無力となり、生きる目的や生きがいが定かではなくなってしまっている」と、法然が生きた一三世紀と現代の共通点を語る。

「末法」と「末世」。

ようするに、正しい教えによって照らしだされた価値が、すっかり見えなくなってしまった渾沌たる状況です。

それは、かつてもあり、そしてまさに今、今日のことでもあります。渾沌がきわまる社会を生きぬくための処方箋は、おそらくない。

真筆がきわめて少ない法然のそれに、「念仏為先」という四字があります。「なにを差しおいても「念仏」がすべてだという主張」(『法然入門』)なのだそうです。

すなわち「南無阿弥陀仏」です。

これに成仏にいたる一切の真理がある。法然は、そう確信しました。

「真理を方向感覚と考える。その場合、間違いの記憶を保っていることが必要なんだ」(『日本人は何を捨ててきたのか』ちくま学芸文庫)

鶴見俊輔《つるみしゅんすけ》氏が、関川夏央《せきかわなつお》氏との対談で語ったこと。

ならば、パンデミックの終息が見えず、政治の無軌道ぶりが常態化したいま現在、南無阿弥陀仏を唱えることは、無心で過去(おのれと人類)を問いなおすことでもある。そう、考えてもいいんじゃないだろうか。いや、わたしならばそのように読みます。

さまざまな方法や視点から歴史をたどってみると、いく通りもの解釈ができ、いくつもの、それこそ無数の「地図」が描けます。歴史を凝視し、俯瞰し、地図を描けば描くほど、人は迷う。でも、「迷う」行為をぬきに、よりよい未来など選択できるはずもない。大いに、深く迷うからこそ「南無阿弥陀仏」と唱えたくなる。

いまの権力者たちにもっとも欠けている行為が、過去への真摯な問いかけではないかと思う。

南無阿弥陀仏

「茶飯ごと」のあとがき

虫が鳴きだしたころです。書籍化の話をいただいた夜、あらためて手前のブログ「茶房ちよちよ」の管理サイトを開いたら、公開数がぴたり七〇〇回でした。二〇一〇年一一月に開設したサイトですから、じきにまる十一年、毎月ざっと五本ほどをアップしてきたことになります。そのときどきの「おぼえがき」で、世相の話題もあれば、とるに足らない暮らしのぼやきもあります。テクストの長さもばらばら。「茶房」らしく、きわめて私的な「茶飯ごと」であります。

店主がえらそうに申すことでもありませんが、にぎわう表店ではなく、さがしにくい裏店です。万人を喜ばせたり感動させたり、はたまた読んで得になる情報は、品書きにはありません。置き場がなかったり、世の片隅に放置されるような話ばかりが並びます。

本書に収録したテクストは、過去三年分からの抜粋で、セレクトはほぼ編集者の後藤さんの手によります。

資本主義が煮詰まり、消費の量が圧倒的な力を持つようになりました。数と量は、あらゆることの方向性や正否を規定し、ものの価値、人の思考すらも支配する。では、その力にあらがうのは、愚かなことだろうか。いったん立ちどまってみてはどうか。この三年の間、そんな思いを抱えて書きだした散文が、ずいぶん多いと気づかされました。たえず、うちなる違和感を言語化してきたのは、わたし自身が正気と方向感覚を保つために必要だったからです。

番外として、ときおり書く映画評「シネマ手帳」だけが唯一、お客さまを意識したものです。二年ほど前の夏に、いきなり逝ってしまった年上の友が、視界の席に座るたったひとりの客人でした。彼はこれを、毎度、とても楽しみに待ってくれておりました。後藤さんに無理を言い、ここに彼が読むことがかなわなかった三本を収めることにしました。こればかりは、わたし自身が選びました。

ライブ・パブリッシングは、編集者の後藤さんが、春先に興したばかりの版元です。なんと、後藤さんから書籍化の提案を聞かされたのは、かれこれ十年も前のことなのです。いまにして思えば、ブログをはじめて間もないころのこと。驚かずにはおけません。深く感謝いたします。

編集作業の段階で、誤字脱字はもちろん、わかりにくい表現、重複、言葉が足りず意味をとりあぐねるような箇所は改めました。

茶房ちよちよ　店主

本書は、著者のブログ『茶房ちよちよ』の二〇一八年二月六日〜二〇二一年九月六日分から選分し、修正・加筆を加えたものです。

駒村吉重（こまむら・きちえ）

一九六八年、長野県生まれ。

二〇〇三年『ダッカへ帰る日――故郷を見失ったベンガル人』で、第一回開高健ノンフィクション賞優秀賞。二〇〇七年『煙る鯨影』で第一四回小学館ノンフィクション大賞を受賞。ほかに『君は隅田川に消えたのか　藤牧義夫と版画の虚実』（講談社）、『山靴の画文ヤ　辻まことのこと』（山川出版社）、『お父さん、フランス外人部隊に入隊します。』（廣済堂文庫）、詩集『おぎにり』（未知谷）などの著書がある。

『茶房ちよちよ』

http://kichi-buchi.cocolog-nifty.com

このごろのこと

二〇二一年一二月二一日　第一版第一刷

著者　駒村吉重
発行者　後藤高志
発行所　株式会社　ライブ・パブリッシング
〒160-0022
東京都新宿区新宿1-24-1
藤和ハイタウン新宿807号
☎090-4387-9478
https://livepublishing.co.jp

校正　皆川秀
組版　株式会社　明昌堂
印刷・製本　株式会社　広済堂ネクスト

ISBN978-4-910519-02-9